よろず屋稼業　早乙女十内(二)

水無月の空

稲葉　稔

幻冬舎時代小説文庫

よろず屋稼業　早乙女十内(二)

水無月の空

目次

第一章　上方帰り

一

梅雨空《つゆぞら》はもう見られなくなった。ぱたりと雨がやんだかと思うと、こんなにも日が長かったのだと、いまさらながらに気づかされる。

新蔵《しんぞう》は川端の土手道に腰をおろして、日ぐれてゆく町を眺めていた。目の前には夕日をはじく大川（隅田川）が流れている。ほっかむりした船頭が、鈍重そうに棹《さお》をさばきながら舟を上らせていた。波をかきわける舳《みよし》のほうに、一人の客が端然と座っている。女だというのはわかるが、遠目に見えるだけなので年齢は定かでない。姿勢がよいので、きっと若い女だろうと、新蔵は勝手に思った。

その舟はやがて遠ざかり、ぽっと、両国橋《りょうごくばし》の下で見えなくなった。翳《かげ》りゆく日のなかで、橋の下が暗い陰となっているからだった。

新蔵は自分の足許《あしもと》に目を転じた。土手下から川風が吹きあげてきている。そよいでいる草をちぎって、口にくわえ、

（……どうしようか）

と、胸の内でつぶやいた。

さっきから考えていることに、踏ん切りをつけられなかった。迷いに迷っていた。だが、やはり訴えるべきだと、さっと顔をあげて対岸の町屋を見た。本所《ほんじょ》・深川《ふかがわ》の町はあわい夕日に抱《いだ》かれていた。

腰をあげた新蔵は、尻を軽く払い土手道を下りはじめた。唐桟縞《とうざんじま》の小《こ》袖《そで》に献上《けんじょう》帯《おび》、素足だが真新しい雪駄《せった》を履いていた。髷《まげ》にも櫛目《くしめ》が通っていて身なりがよかった。

新蔵は迷いのない足取りで町屋のなかを抜けていった。日の翳りが強くなっているせいか、町の風景がもやったように見える。長屋の路地から炊煙がたなびいている。その煙といっしょに、野菜の担い売りが出てきた。新蔵とぶつかりそうになって、担い売りは「おっと」と声を漏らして、脇《わき》にどいたが、新蔵は何事もなかった

ように歩きつづけた。

行ったのは、小網町《こあみちょう》の自身番だった。立ち止まって息を吸って吐いた。そのままゆっくり足を進めて、自身番と書かれている腰高障子《こしだかしょうじ》を開いた。

短冊行灯《あんどん》に火を入れていた店《たな》番が振り返った。新蔵は詰めている町役たちをひと眺めした。文机《ふづくえ》の前に書役《かきやく》がいて、そのそばに若い番人がいた。

「なにか用かな……」

書役がものめずらしそうな顔を新蔵に向けた。

「見たんだ」

新蔵は血の気《け》の引いた能面のような顔でいった。

「見たって、なにをだい？」

新蔵はつばを呑《の》み込んで書役をまっすぐ見て、

「……殺しがあった」

と、つぶやいた。

二

小網町の自身番からの知らせを受けた服部洋之助《はっとりようのすけ》は、

（まったくこれからゆっくり酒でも飲もうってときに……）

と、内心でぼやきながら、万平《まんぺい》という番人の案内を受けていた。

もう、あたりは暗くなっている。町屋のあちこちに料理屋や居酒屋のあかりが、暗くなった地面をあわく照らしていた。

「旦那《だんな》、そこです」

万平が立ち止まって洋之助を振り返った。瘦身《そうしん》の洋之助は、色白で面長《おもなが》で額《ひたい》が広く眼光が鋭かった。北町奉行所の定町廻《じょうまちまわ》り同心だ。小者《こもの》も中間《ちゅうげん》も先に帰していたので、一人だった。掌《てのひら》で赤い唇をなでると、戸口の前に立っている書役と若い男をひとにらみした。

「見つけたのは誰だ？」

洋之助はひび割れた声でいって、戸口に近づいた。

「わたしです」

そういうのは若い男だった。身なりはいいが、気の強い目をしている。

「名は？」

「新蔵と申します」

「いつ見つけた？」

「今朝《けさ》です」

「今朝……」

洋之助は鸚鵡《おうむ》返《がえ》しにいうと、そのまま戸口に手をかけて家のなかに入った。暗いので目を凝らして、あかりを点《つ》けろと誰にともなく命じた。書役が上《あ》がり框《かまち》のそばにある行灯を見つけて、火を入れた。

ぱっと家のなかが明るくなった。目の前の座敷はきちんと片づいており、なにもない。三和土《たたき》に下駄と雪駄が一揃《ひとそろ》い。狭い土間奥に台所があり、その横に居間があるようだ。座敷と居間は障子で隔てられていて、障子は閉まっていた。

「どこだ？」

洋之助は新蔵を振り返った。

「奥の居間です」

洋之助は壁に掛けてあった提灯《ちょうちん》に火をともすと、そのまま土間を進み、居間の前まで行って目を細め、表情をかたくした。

女が脚を投げだした恰好《かっこう》で茶箪笥《ちゃだんす》にもたれて死んでいた。光をなくした両目は見開かれたままで虚空《こくう》を見つめている。胸のあたりが血で黒く染まっており、尻のあたりに血だまりがあった。

死体はもうひとつ、これは長火鉢の横に寝そべるようにして倒れている。男だ。腹のあたりを刺されたらしく、血を吸った畳が変色していた。

「こりゃ……」

短く声を漏らした洋之助は、仔細《しさい》に現場の様子を観察した。荒らされた形跡はない。女も男も着衣は乱れていない。顔見知りの仕業《しわざ》だと思われた。

「新蔵、てめえ、なんで見つけてすぐに知らせなかった」

洋之助はやや咎《とが》め口調で新蔵をにらんだ。

「わたしが下手人《げしゅにん》と思われるんじゃないかって……そんなことになったら困るんで、日がな一日思い悩んでいたんです。誰か他の人が見つけるのを、待ったほうがいいかもしれないと思いまして……。気になって昼過ぎにもう一度来たんですが、まだおしづはそのままで……」

新蔵は何度も生つばを呑み込みながら話した。

「おしづってェのは……」

「その女です」

洋之助は虚空を見つめている女を見た。目鼻立ちの整った器量よしだ。二十歳《はたち》すぎだろうか……。男のほうは二十代後半と思われた。

「男の名は？」

「米吉《よねきち》です」

「なぜ、二人を知っている？」

「おしづは品川町にある信濃屋《しなのや》の跡取り娘で、米吉はそこの奉公人です。わたしは六年前までそこに勤めておりまして……」

「よし、話はあとでじっくり聞こうじゃねえか。そこで待っていな」

遮っていった洋之助は、十手で肩をたたきながら家のなかを見てまわった。盗まれたものがあるかどうかわからなかったが、家が荒らされた形跡はなかった。下手人につながるようなものも落ちていなかった。

その後、自身番に身を移して新蔵から詳しく話を聞いた。

「すると、おめえは上方《かみがた》から帰ってきたばかりってわけか……」

「昨夜《ゆうべ》品川に着きましたが、遅くなったのでそのまま一泊して今朝早く信濃屋を訪ねたんです。ところが、店が変わっておりまして、それでさっきのおしづの家にまわってみると、ああいうことになっていたんです」

「品川で泊まったのはなんていう旅籠《はたご》だ？」

「北品川三丁目の近江屋《おうみや》です」

新蔵はその旅籠を明け六つ（午前六時）に出てきたといった。日本橋北の信濃屋に行ったのが朝五つ（午前八時）ごろだというから、時間的には合っている。

「江戸に戻って来たはいいが、おしづの店はなかった。なぜ、おまえはおしづの店に行った？　ただ、挨拶《あいさつ》をしに行っただけか。それから、おしづの家をなぜ知っていた？」

新蔵は唇を嚙《か》んでもじもじしたが、信濃屋に行ったのはおしづの元気な顔を見るためだったといってつづけた。

「わたしは信濃屋に奉公にあがっているときから、おしづに惚《ほ》れておりましたが、おしづが十八になると、つぎつぎと縁談話がやってきて、それを横で見ているのがつらくて逃げるように上方へ行ったんです。ひとかどの商人になって帰ってくるから、嫁に行かずに待っていてくれないかといったんですが……むろん、おしづが真《ま》に受けたとは思いませんでしたし、わたしもいつ江戸に帰ってこられるかわかりませんでした」

「それじゃおめえは上方でそれなりに出世でもしたから、江戸に戻って来た。そういうことかい？」

洋之助はぬるくなった茶をずるっと音させて飲んだ。

「大坂で商売のいろはを覚えなおして、手代《てだい》にさせていただきました。それにいい仕入れ先を見つけて、あれこれ算段をつけることができましたので、江戸に戻って小さくてもいいから気の利《き》いた店を持ちたいと、そう思って戻ってきたんです」

「信濃屋は小間物を商《あきな》っていたんだな」

「さようです。わたしは紅や白粉《おしろい》を安く仕入れられるんで……それで、信濃屋にも土産《みやげ》代わりにその話をしようと思っていたんです。もっとも、おしづがわたしを待っていてくれるかもしれないという甘い思いもありましたが……」

「だが、店はつぶれたのかどうかわからないが、変わっていた。そういうわけだ。それで、さっきの家のことは？」

「あの家はおしづの祖父が隠居所に使っていた家です。店がつぶれたので、そこに身を移したと、店のそばで聞いたんです。ところが、行ってみるとあんなことになっていて……」

新蔵は膝《ひざ》をつかむようににぎりしめた。洋之助はその様子を黙って眺めた。唐桟縞の着物を着ているが、返り血を浴びている様子はない。だが、着替えをしていればわからないことだ。

「新蔵、おめえにはまだ聞かなきゃならねえことがある。今夜は大番屋に泊まってもらうぜ」

新蔵は驚いたように、さっと顔をあげた。

「わたしはなにもしていません」

「ああ、わかっている。きっとそうだろうよ。だがな、おめえが見つけた殺しだ。いろいろと教えてもらわなきゃならないことがある」

「そ、そんな……」

新蔵は血の気の失《う》せた顔になった。

三

早乙女十内《さおとめじゅうない》は憂鬱《ゆううつ》な顔をして、ちらつく夏の光に目を細めた。ふうと、息を吐き、肩を落として歩く。

(何故《なにゆえ》におれがこんな仕事をしなきゃならねえんだ)

と、胸の内でぼやいても、自業自得だというのはわかっている。なんでも引き受けるよろず屋稼業であるから、多少のことは我慢しなければならない。それにこのところ手許不如意《てもとふにょい》である。礼金が少なくてもやるしかなかった。

十内が請け負っている仕事は、本石町《ほんこくちょう》二丁目にある大きな米問屋のおかみの、母親の面倒を見ることだった。面倒といっても、江戸案内である。

その母親は齢《よわい》七十過ぎの老婆であるが、年のわりには元気がよく、いいたいことをぽんぽんいうし、食べ物にうるさかった。

　老婆の名は、喜春《きはる》といった。実家は川崎宿で、旅籠の経営者であった。早くに亭主を亡くして、一人で旅籠を切り盛りしてきた女傑だ。

　喜春はいま駕籠《かご》に乗って東海道を上っていった。十内はその駕籠の後ろについているのだ。芝車町《しばくるまちょう》の大木戸を過ぎたばかりで、左手には江戸湾が広がっている。帆を張った漁師舟が沖合に幾艘《そう》も浮かんでいて、真砂《まさご》を洗う海岸縁《ぺり》では鷗《かもめ》たちが乱舞している。

（品川で見送れば仕事は終わりだが、まったくやれやれだ）

　十内は前を行く駕籠を恨めしそうに見るが、その十内をすれ違う者たちがめずらしそうに見る。なにしろ十内の出《い》で立《た》ちは派手だ。着流した銀鼠色《ぎんねずいろ》の鮫小紋《さめこもん》、縹色《はなだいろ》の羽織、それに深紅の帯、白足袋《たび》に雪駄。そして、深編笠《ふかあみがさ》を被《かぶ》っている。

洒落者《しゃれもの》を気取っているただの伊達男《だておとこ》だと陰でささやく者もいるが、そんなことはいっこうに気にしない。それに背丈が五尺八寸という長身だから、結構様《さま》になっている。

「早乙女さん」

　ふいの声に前を向くと、いつの間にか駕籠が止められ、喜春が道に立っていた。

「あんた、若いのに足が遅いわね。さっさと歩けないのですかね。そんなことなら置いていきますよ」

（おう、とっとと置いてってくれ）

内心で毒づくが、十内はにこやかな笑みを浮かべて応じる。

「申しわけない。さっさと歩きましょう。もう品川は目と鼻の先です」

「その前にあたしゃ、そこの饅頭《まんじゅう》を食べたくなったのさ。ちょいとお付き合いなさい」

「さっき、団子を食べたばかりではありませんか。その前には大盛りのそばを平らげてるんですよ」

「甘いものとそばは別腹なのですよ。ささ、早乙女さん、あんたもいっしょに」

「いや、おれは腹は減っておりませんから……」

「そんなに大きな体をしているのですからお食べなさい。さ、いらっしゃいな」

十内は喜春にとことん付き合ってくれと依頼されているから、断れない。

「では……」

気乗りしないが、喜春のあとについていって、饅頭屋に入る。緋毛氈《ひもうせん》の敷かれた長床几《ながしょうぎ》に腰掛けて、茶を飲み、喜春が勝手に注文した饅頭を目にする。皿に五個ばかり盛られている。

「それにしてもお世話になりましたね。早乙女さん、さぞやご迷惑だったでしょう」

喜春は饅頭を頬《ほお》ばりながら意外なことをいう。

「あたしにはわかっているんですよ。あたしはなにかとうるさいから、その面倒をあの娘《こ》はあんたに押しつけたのです。親の面倒を見ない娘がどこにいます。あたしゃ、正直いうとがっかりしました」

喜春はしわくちゃの顔のなかにある目を潤ませている。

「それなのに、早乙女さんはいやな顔ひとつせずあたしに付き合ってくださいました。立派なお侍なのに……。あらためて、礼を申します。ほんとうにありがとう存じます」

「いや、それは……まあ……」

十内は、これまでとは打って変わって、しおらしいことをいう喜春に戸惑った。

「あんたはいい人です。江戸見物なんかどうでもよかったのです。あたしゃ、娘のそばにいて、その仕事ぶりを眺めたかっただけなのです。孫にも会いたいという思いもありましたが、娘も年を取れば冷たくなるというのを思い知りました。哀《かな》しいことですけど、そんなものなんでしょうかね。……母娘《おやこ》なのに」

最後は蚊の鳴くようなつぶやきになった。

「お婆さん、三春《みはる》さんは忙しかったのですよ。暇ができたら川崎に子供を連れて行くといっていたではありませんか」

「いつ暇ができるかわかりゃしませんよ。あら、食べないの……」

喜春は残っている饅頭を見ていう。もう食べられないと十内がいうと、懐紙に残りを包み、駕籠かきにあげましょうという。

「お婆さんはやさしいね」

「なにをおっしゃいますやら、あたしはいつもこんな調子です。裏も表もない女ですから嫌われもしますが、それでも人を騙《だま》したことはありません」

「立派なことです」

「まっすぐ生きるって難しいのですよ。でも早乙女さん、まっすぐ生きてくださいな。まっすぐにね」

喜春は湯呑みを口に運び、陽光きらめく江戸湾に目を注いだ。

「はい。まっすぐ生きましょう」

応じた十内も喜春と同じように、海に目をやった。

と、すぐ前の道を汗をかきながら、先を急ぐように歩き去った男が三人いた。一人は北町奉行所の服部洋之助で、あとの二人は手先である。

一人は小網町の岡っ引きで、いまは洋之助に金魚の糞のようについてまわる松五《まつご》郎《ろう》だった。もう一人は小者の弁蔵《べんぞう》だ。

(やつらどこへ行くんだ？　品川でなにかあったか？　それとも見廻りか……)

十内は身を乗りだして三人を見送ったが、関《かか》わり合いになりたくない男たちだった。とくに洋之助は質《たち》の悪い町方だ。

一度、十内は頼まれた仕事の礼金を横取りされたことがある。そのとき洋之助は、

「おれたちの調べの邪魔《じゃま》になった」

といい繕《つくろ》った。また、十内は洋之助が町の者から袖の下を受け取り、何度か目こぼしをしているのも知っている。

金に汚い男だという印象しかない。また、洋之助にくっついている松五郎は、な

にかと難癖をつけてくる男だった。捻《ひね》りつぶしてもいいのだが、十内は堪《こら》えている。

「なにかありましたか……」

喜春が小さな目をぱちくりさせていた。

「いえ、なんでもありません。では、そろそろまいりますか……」

十内は喜春の手を取って立ちあがらせた。

「あら、大きな手。それにぬくもりがなんともいえません」

喜春は十内を見あげる。年寄りのくせに、妙に艶《つや》っぽい目をする。

「あたしがもう三十も若けりゃ放っておかないのにね。残念ですけど、もうお別れですね。また江戸に来たときにはあんたに会いに行きますよ」

「ああいつでも来てください。お待ちしております」

「嬉《うれ》しいことを……」

ふぉふぉっふぉと、喜春は目をほころばして笑った。

十内は喜春を北品川と南品川の境になる中ノ橋（境橋《さかいばし》）まで送ると、そこで別れた。

「もっとついてきてもらいたいけど、無理はいえませんからね。早乙女さん、これはわたしからの心付けだけど、気持ちよく取っておくれましな」

別れ際に喜春は金包みを手渡した。礼金は娘・三春の嫁ぎ先である丹後屋《たんごや》からもらうからいらないと遠慮したが、喜春は強引だった。結局、心付けを受け取った十内は、東海道を川崎に向かっていく喜春の駕籠が見えなくなるまで見送ってきびすを返した。

肩の荷が下りて、ホッとしたが、別れてみると、妙に後ろ髪を引かれた。年寄りに惚れたわけではないが、喜春の人柄がようやくわかった気がするのだ。

（いい婆さんだった）

付き合いには疲れたが、正直な気持ちだった。

「これはこれは、早乙女ちゃんではないか」

ふいの声が背後からかけられて、十内はビクッと足を止めた。

四

そこは北品川三丁目の近江屋という旅籠の前だった。

「これは意外なところで会うな」

十内は苦い顔をして応じた。とたんに、松五郎が顔をしかめて吠《ほ》えた。

「やい、早乙女、てめえその口の利き方はなんだ。相手を誰だと思ってやがる」

「町方《まちかた》の旦那だ。おまえも相変わらずだな」

「なにをッ」

十内に軽くいなされた松五郎は、顔をまっ赤にした。猪首《いくび》の固太りで、全身筋肉質の男だ。太くて濃い眉《まゆ》をぐいんと撥《は》ねあげ、目を険《けわ》しくするが、十内はまったく柳に風の体《てい》で相手にしない。

「まあまあ松五郎、カッカするんじゃねえよ。おめえはどうもあれだな。早乙女ちゃんと肌があわねえようだな。いいから下がってろ」

洋之助に肩を押された松五郎は、しぶしぶ後ろにさがった。

「その〝ちゃん〟はどうにかならないか。おれは子供じゃないんだ」

「いいじゃないか。おれとおまえさんの仲だ」

洋之助はニヤニヤして、十内の肩のあたりを十手《じって》の先でツンツンとつつく。

「どういう仲だか、おれの与《あず》り知らぬことだ」

「まあ、そうつれないことをいうもんじゃないぜ。それよりこんなところでなにをしてんだ。例のあれか、おめえさんのよろず相談の仕事かい？」

「今日は遊びに来ただけだ」

穿鑿《せんさく》されたくないし、早く洋之助から離れたかったので、十内はとぼけた。

「遊びに……それじゃ暇だってことだな」

洋之助はぺろりと下唇を舐《な》めて、皮肉とも取れる笑みを口《くち》の端《は》に浮かべた。

「暇ではない」

「まあ、いい。ちょいとおれの話を聞いてくれ」

「断る。先を急ぐのだ」

「つれねえな。困った殺しがあってよ。それにちょいと手を焼いてんだ。ここで会ったがなんとかじゃねえが、まあ聞くだけ聞いてくれ」

殺しと聞いたので、十内は少なからず興味を持った。馴《な》れ馴《な》れしく肩を組まれた十内は、洋之助にいざなわれるまま、茶店の床几に腰をおろした。

目の前を旅人や荷駄を積んだ馬や人足や行商人たちが行き交っている。洋之助は小網町で起きた殺しの一件を、かいつまんで話していった。

「それでその新蔵って上方帰りの男が、さっきの旅籠に泊まっていたっていうから調べに来たのよ」

十内はその旅籠に目をやった。暖簾《のれん》に近江屋という染め抜きがあった。

「だが、その新蔵は下手人ではない。そういうわけか……」

「やい、早乙女ッ」

また、松五郎が怒鳴った。いまにも食いつきそうな顔だ。なんべんいやあわかるんだ。相手が八丁堀《はっちょうぼり》の旦那だってことを忘れるんじゃねえと、つばきを飛ばす。

「おまえは黙ってろ。口を挟むんじゃねえ」

洋之助に怒られると、松五郎はすごすごと後じさって、床几に腰掛け短い足を組んだ。

「手掛かりがよ、なにもねえんだ。家は荒らされちゃいねえし、殺されていたおしづも米吉の着物にも乱れはなかった。つまり、下手人は二人をよく知っている者だと見当はつくんだが……そこから先がなァ……」

洋之助は小女《こおんな》が運んできた湯呑みを受け取ると、ずるっと音をさせて茶を飲んだ。

「その米吉とおしづの関係は……」

十内は日の光を受ける洋之助を眺めた。外廻りの同心だが、色白である。

「米吉は信濃屋の手代だ。つまりがとこ、おしづの使用人だったんだが、男と女の間柄だったのかもしれねえ。そこんとこはこれからの調べだ。信濃屋は大きな小間物問屋だったんだが、一月《ひとつき》前に潰《つぶ》れちまっている。まあ、その辺のことも調べを進めなきゃならねえが、このこと早乙女ちゃんの頭にちょいと入れておいてくれねえか」

「まさか、おれを手先として使おうという腹じゃないだろうな」

「おめえさんは、なかなか勘のいい男だ。それに、おれたちの仕事の邪魔をして、勝手に手柄をあげてやがる」

「あんたにとっては迷惑な男だろ」

「まあ、それは時と場合によりけりだ。だが、いっとくが他の同心に調べたことを教えるんじゃねえぜ。わかったことがあったら、真っ先におれに知らせるんだ」

つまり、洋之助は手柄がほしいわけだ。十内はかすかな侮蔑《ぶべつ》の色を目に浮かべて洋之助を見た。

「一応頭に入れておくが、あまりあてにしないほうがいい。それじゃおれは行く。

もう用はないだろう」

十内は立ちあがった。洋之助は黙って茶をすすっていたが、ふと思いだしたように、「ちょいと待て」と十内を呼び止めた。

「下手人につながる大きな種《たね》（情報）を持ってきたら褒美《ほうび》をやる。五両だ」

「………」

「悪くねえ話だろう。なに、もっと色をつけろって顔をしているな。よし、わかった十両で手を打ってやる」

洋之助はそういって自分の膝を、ぱんとたたいた。

「……十両」

悪くない話だった。だが、相手は食えない町方である。手柄になるようなことをしても、あっさり褒美の十両をくれるとは思えない。十内は考えておくといっただけで、今度こそ洋之助に背中を見せて歩き去った。

品川をあとにして歩きつづける十内ではあったが、洋之助の申し出が頭から離れなかった。なにより十両は悪くない。大金である。だが、相手が海千山千の町方同心だということを考えると、

（やめておけ、やめておけ）

と、もう一人の自分がささやきかけてくる。やはり、聞かなかったことにして、忘れてしまおうと思った。それよりも先に、本石町の丹後屋に行って約束の金をもらうのが先である。喜春の面倒を見た、その見返りに三両をもらえることになっている。

日はようようと傾いているが、この時期はなかなか暗くならない。芝口橋、京橋とわたって通町《とおりちょう》に入ったが、まだ町は明るかった。暮れ六つ（午後六時）を過ぎたというのに人出も多く、商家の暖簾もまだ下げられていなかった。

日本橋をわたったとき、十内に悪戯心《いたずらごころ》がわいた。

（なに、あの話がほんとうかどうか見ていくだけだ）

胸の内でそういって、自分を納得させて足を向けたのは、日本橋北にある品川町だった。

このあたりは黒漆喰《しっくい》塗りの店蔵が目立つところであった。洋之助から聞いた店は、北鞘町《きたざやちょう》に近い場所にあった。看板は「伏見屋《ふしみや》」となっているが、元は小間物問屋「信濃屋」だったはずだ。間口はそう広くないが、店構えは立派である。

(なぜ、信濃屋はつぶれたのだ?)

そう思うと、いろんな疑問が頭に浮かんできた。

五

丹後屋で約束の礼金をもらって、自宅のある橋本町《はしもとちょう》に帰ってきたころには、ようやくあたりが暗くなっていた。そこは馬喰町《ばくろちょう》の北で、神田堀に架かる幽霊橋《ゆうれいばし》からほどないところだ。十内は木戸門を入ると、玄関脇に掲げた看板を見た。「よろず相談所」と書かれた文字が黒くくすんでいた。

寝間に入ると、羽織を乱れ箱に投げ入れ、帯をほどき、着物を脱ぎ捨てて浴衣《ゆかた》に着替え、ふっと、吐息をつく。

(婆さんの面倒を見て三両か……)

悪い仕事ではなかったと思う。おまけに喜春から心付けをもらいもした。当面の暮らしには困ることはないだろうと思うが、この先の保証はなにもない。仕事はすぐにでもやらなければならないが、その仕事がなかった。

（やはり……）

と、胸中で独《ひと》りごちて、服部洋之助の食えない顔を思い浮かべた。

「十両か……」

声に出して宙に目を据える。あの同心、ほんとに礼金をくれるだろうかと首をかしげたそのとき、かしましい女の声が聞こえてきた。

「見えたわよ。まさか幽霊じゃないでしょ」

「でも、明かりもついていないわよ」

十内はまた騒がしい女どもがやってきたと思いつつ、座敷に足を進めると、玄関の戸をそろりと開けた二人の女が顔を突きだした。

「きゃッ」

と、小さな悲鳴をあげたのは、女曲芸師の由梨《ゆり》だった。年は十八だが、まだあどけない顔をしている。

「ほんとだ。帰っていた」

お夕《ゆう》だった。狩野祐斎《かのうゆうさい》という絵師の手伝いをしている。二人とも隣に住んでいるが、十内が実家を出てこの小さな屋敷に移ってから、猫のようになついてきた女たちだった。

「なにが帰っていただ。ここはおれの家だ。それでなにか用か？」

「なにか用かは失礼だわ。暗いわよ、あかりを点けてよ」

お夕がふくれ面《つら》をしていえば、由梨が「あかりだったらわたしが点ける」といって、勝手知ったる他人の家よろしく行灯のそばに行って火をともした。暗かった家のなかが、あわいあかりに満たされた。

「早乙女さん、今日ね、先生からとってもいいものをいただいたの……」

お夕がそばにやってきて、嬉しそうに微笑《ほほえ》む。器量のいい十九歳の女だ。着痩《きや》せするが、豊満な肉体美だというのを十内は知っている。実際に見たわけではない。

狩野祐斎の絵を見てそう思うのだ。

お夕の仕事は、祐斎の前でしどけない恰好で座ったり横になったり、後ろ姿になったりすることである。一糸纏《まと》わぬ素っ裸になることもあれば、浴衣を肩にかけただけというときもあるようだ。十内はそんな絵を何度も見ているから、お夕が凝脂《ぎょうし》に満ちたきれいな体であることを知っているのだった。

「なにをもらった？」

十内はあまり興味ないが、煙管《キセル》を吸いつけながら聞いてみる。

「お酒よ。下《くだ》りものよ」

「灘《なだ》のお酒で、とっても高いらしいわ」

由梨があどけない顔で添え足す。

「それで……」

十内は気のない返事をするが、内心飲みたいと思う。

「おいしいおつまみを作って早乙女さんと飲もうと思っていたのよ。もうお仕事終わりでしょう。だからね、飲みましょう」

お夕がにこにこ顔でいう。

「それじゃ飲もう。その酒はどこにある？」

「あたしが取ってくる」

そういった由梨が、身軽に土間に下りて家を出ていった。

「それでつまみは誰が作る？　あれ、これはなんだ」

十内は煙管を煙草盆《たばこぼん》に打ちつけて、お夕に顔を寄せるように身を乗りだした。

「なに？」

ぽかんとした顔でお夕が、きょろきょろする。十内はその隙《すき》に、お夕の胸のふくらみのとんがりをつついた。

「これだ、これ」

「あッ。すけべえ」

ぴしゃりと手をはたかれたが、十内はすっとぼけ顔でつづける。

「つまんだわけではないだろう。それに減るもんじゃない。今度ゆっくりさわらせろ」

「いーだッ」

お夕は鼻に小じわを作る。

「ほんとにいやなのか。おれは真面目《まじめ》だ」

「ふん。由梨ちゃんにも同じことしているし、いってるでしょう。あたし知ってるんだから」

「そうか。だったらおまえだけに頼む」

「だめ、信用できない」

お夕は腕組みをした。そこへ由梨が酒を持って戻って来た。それも五合徳利二本である。

「絵師はずいぶん気前がいいな。それじゃ早速やろう。それでつまみはどうした？」

「それは早乙女さんが作るの。あたしたちはお酒を持ってきたんですからね。ねえ、お夕ちゃん」

それがさも当然という顔で由梨がいう。

「さようか。しからば、まずは酒の味をたしかめてからだ」

十内はぐい呑みを持ってきて、それぞれにつぎ、まずは味をたしかめた。ふむ、これはうまいと、一瞬息を止める。まろやかであるし、こくがある。喉《のど》の奥にすうっと下っていく酒の心地がよい。

「いい酒だ」

と、目をまるくして十内が感心すれば、「でしょう」とお夕がいう。

十内は酒のつまみは飲みながら考える。それまでのつなぎに、これで我慢しろといって、小鉢に蜆《しじみ》の佃煮《つくだに》を盛ってやった。

そのままでは芸がないので、山椒《さんしょう》をぱらぱらとかける。生姜《しょうが》で煮つけた蜆は、それだけで味が引き立つので、酒の肴《さかな》にはなかなかの一品である。

普段からおしゃべりな女たちだが、酒が入るとそれに拍車がかかる。十内は毒にも薬にもならない話に、適当に相槌《あいづち》を打ってやる。由梨はころころとよく笑うし、お夕はぐいぐい酒を飲んで、顔をまっ赤にしている。

「はあはあ、苦しい。もう、お夕ちゃんたら笑わせすぎ。ねえ、早乙女さん、おかしくないの？」

「おもしろい話だ。うん」

なにも聞いていないので、そういうしかない。そこへ、「こんばんは」という声が玄関にあった。三人は同時に玄関を見た。若い男が立っていた。

六

やってきた男は、気の弱そうな顔で、

「お取り込み中でしょうか……」

と、か細い声で、十内とすでに酔っぱらっている二人の女を見た。

「取り込んではおらぬ。なんの用だ？」

「はい、わたしは通旅籠町《とおりはたごちょう》の佐野屋という乾物屋に奉公している佐吉《さきち》と申します。こちらはどんな相談でも受けてくださると聞きましたので、やってきたんでございますが……」

佐吉はおずおずと土間に入ってきた。

「なんでもかんでも受けるというわけではない。犬探し猫探しだったら御免蒙る《ごめんこうむ》」

以前、愛猫を探してくれと頼まれ、ひどい目にあったことがあった。

「お上《のぼ》りの道案内もやらぬ」

下らない相談事は請け負いたくないので先に釘《くぎ》を刺すと、佐吉はそんなことではない、困ったことがあると、深刻な顔を向けてくる。

「おい、おまえたち、あっちへ行っていろ」

十内はお夕と由梨を隣の部屋に追いやって、話を聞くことにした。あがってこいというと、佐吉は遠慮しながら十内の前にきちんと座った。

「わたしにはたった一人の身内である妹がおります。お景《けい》と申すんですが、柳橋《やなぎばし》の六《む》ツ《つ》川《かわ》という料理茶屋で仲居をしておりました」

「ふむ」

「それが五日ほど前からいなくなりまして、どこへ行ったのかわからなくなったんでございます。ひょっとして仕事がつらくていやになり、逃げたのではないか、客にひどいことをされて、身投げでもしたんじゃないかと気が気でないんでございます」

「六ツ川といえば、一流の料理屋だな。それで、探したのか？」

「もちろん足を棒にして探しましたが、いっこうに見つかりません。店のほうにも聞きましたが、無断で休んでけしからんと思っていたそうなんです。それで、あらためて訊《たず》ねましても、どこへ消えたのかまったく知らない様子で……」

「それは困ったな」

「はい、もう困り果てているんでございます。わたしは勤めがありますから、なかなか店を休むことができません。旦那さんに頼んで二日ばかり休みをもらって探したのですが、やはり行方《ゆくえ》知れずで……いまごろどこでなにをしているのか……」

佐吉は涙ぐんで、グスッと洟《はな》をすすった。

「つまり、その妹を探してくれというのだな」

「はい。さようでございます。受けてくださいますか？　たった一人の大事な妹なのです。二親はあの子が十歳のときにぽっくり逝《い》ってしまって、わたしがずっと面倒を見て、やっといい店に勤められるようになったんですが、その矢先に……」

「佐吉といったな。その、お景であったか、その妹を探してくれといわれても、なんの手掛かりもなければ探しようがない。それともなにかあるのか？」

「お景を最後に見たのは、同じ店の仲居をしているお蔦《つた》さんという人です。その人がいうには、近いうちに四谷《よつや》に行くという話を聞いたそうなんです」

「お景がそういったのか？」

「らしいのです。お蔦さんはただ遊びに行くのだろうと思ったらしいのですが、お景はまだ黙っていてほしいけれど、いい旦那さんができたのだと、照れたようにいったそうで……ひょっとすると四谷へ行ったのかもしれません」

「それはいつ聞いた？」

「ついさっきです。このまま四谷に行ってもいいんですが、一口で四谷といっても広うございますし、わたしは店もありますし、なかなか身動きがとれず途方に暮れておりまして、そんなときにこちらのことを耳にいたしまして……」

「金はあるのか？」

「は……」

佐吉は大きく見開いた目をしばたたいた。

「妹探しを引き受けるのはいいが、ただというわけにいかぬ。おれはこれを商売にしているからな」

「ごもっともなことです。それでいかほどかかるんでございましょうか……」

「それは……まあ、かかる日数や手間などを入れて算盤勘定《そろばんかんじょう》しなければならないが、さしずめ三日として二両ではどうだ」

十内としては安くいったつもりだったが、

「二両でございますか……わたしにはそんな余裕は……」

と、佐吉はうつむいて心許《こころもと》ないことをいう。

「ないというのか……。いくらなら払える？」

佐吉はもじもじして、頭の後ろを引っかき、視線を彷徨《さまよ》わせてから、

「二分《ぶ》でしたら、お支払いできるんですが……」

と、消え入るような声を漏らした。十内はため息をついた。

「やってあげなさいよ」

由梨の声がした。

「そうよ。いいじゃない二分でも、やるべきよ。可哀想《かわいそう》でしょう」

さっと、お夕が襖《ふすま》を開けて、十内と佐吉を見た。それに勇気づけられたのか、佐吉はこれこのとおりでございますと、両手をついて深々と頭を下げる。

十内は金にこだわっているようではあるが、すでに佐吉の話を聞いて心を動かされていた。これは断れない仕事だと。

「わかった。探せるかどうかわからないが、引き受けた。だが、その前にもっと詳しく話を聞かなければならない」

そういった十内は、お景の顔の造作《ぞうさく》や背恰好、六ツ川で仲のよかった仲居や友達のことを聞いていった。その一方で、この安い仕事の穴埋めをするために、服部洋之助の申し出を受けようと心に決めた。

七

　その店は北品川宿の外れ、溜屋横町《たまりやよこちょう》の一角にあった。すぐ先に鳥海橋《とりうみばし》があり、昼間は品川洲崎《すざき》の弁才天の松林を望むことができる風光明媚《ふうこうめいび》なところだ。

　しかし、恵比須楼《えびすろう》の番頭・伊助《いすけ》は、そんな風雅を楽しんでいられる心境ではなかった。もっとも、夜の闇《やみ》は深くなっており周囲の景色は、月あかりに浮かんでいるだけであるが。

「それで帳尻をどうつけるというんだ」

　伊助の前に座っている鉤鼻《かぎばな》の侍がいった。名はわからなかった。だが、どこからの使いであるかはわかっている。それに、もう一人、これは客間の出入口で足を投げだし、壁にもたれてさっきから無言でいた。唇の薄い男で、ときどき、目尻の吊《つ》りあがった狐目《きつねめ》を鋭くして見てくる。目が合うと、ゾクッと背中に鳥肌が立った。

　伊助はこの窮地をなんとか切り抜けなければならなかったが、いい知恵が浮かんでこなかった。それでも、なんとかうまく弁明しなければならない。

「おい、なにを黙っておる。答えろ」

　鉤鼻の侍が眉を吊りあげ、語気を荒くした。もっとも声は抑えられていたので、隣の客間に聞こえることはない。四畳半一間の個室である。朱塗りの高足膳《たかあしぜん》には、刺身や煮物などがのっており、そばには二合徳利が三本あった。しかし、酒にも料理にも手はつけられていない。

「あ、はい。わたしは知らないのでございます」

伊助は鉤鼻の侍をおそるおそる見た。行灯のあかりを片頬に受けた侍の目が、一段と険しくなりもう一人の男と顔を見合わせ、小さく首を振った。

「おい、伊助、誤魔化《ごまか》しは利かぬのだ。きさまはうまくやったつもりだろうが、正直にいわねばその首が飛ぶことになるぞ。これはただの脅しではない」

ただの脅しでないのは伊助にもわかっていた。しかし、打ち明けるわけにはいかない。どう転んでも、この男たちは自分の命をもらうつもりなのだ。そのために、伊助は用心棒の菅谷《すがや》千太郎《せんたろう》を表に控えさせていた。

（とにかく、この店からまず出ることだ。その口実を作るのが先だ）

伊助は必死に考えをめぐらせる。後退しかけている額に、冷たい汗が浮かんでいた。

「いえ。金はどこに隠した？」

「わたしはそんなことはしておりません」

「なにをッ」

鉤鼻の侍は歯軋《はぎし》りをするように口を曲げた。目が仁王のようになっている。

「もう一度帳面を調べてください。きっとどこかに書き漏らしがあるのです」

「きさま。まだとぼけるつもりか……」

片膝を立て、身を乗りだした鉤鼻の侍は、伊助の襟首《えりくび》を強くつかんでにらんだ。

「金など隠しておりません。誤魔化しもやっておりません。ほんとうでございます。横領など以《もっ》ての外《ほか》です」

「こやつ、あくまでも白《しら》を切りとおす気か。小憎たらしい野郎め……」

強くにらまれた伊助は、小便が漏れそうになった。それを必死に我慢する。

「ほんとに知らないんです。お願いです。もう一度調べてください。そうすればはっきりするはずです」

「五百両という大金だ。何度調べても同じことだ。よし、わかった。それじゃ場所を変えて話すことにしよう、ここでは埒《らち》が明かぬ。立て」

命じられた伊助はよろよろと立ちあがった。二人の侍もそばに置いていた刀をつかんで立ちあがった。一人が先に出てゆくと、伊助がそれにしたがった。そのあとを、厳しく訊問《じんもん》していた鉤鼻の侍がつづく。

（これで助かる）

表に出て、伊助はそう思った。菅谷千太郎がこの二人を斬《き》ってくれたら、隠している金を持って、このまま江戸から逃げればいいという計算があった。

「向こうだ」

伊助は背中を押された。鳥海橋のほうだ。橋をわたれば、漁師町。その先は昼間とちがい、夜は人気《ひとけ》のない洲崎の浜である。伊助は一度二度と背後を振り返った。頼みの菅谷千太郎の姿は見えないが、近くにいるのはたしかだ。きっと様子を見ているのだろう。

「助けでも呼びたいと思っているのか。ふふふ、無駄なことだ」

背後についた鉤鼻の侍が不敵な笑みを浮かべた。前を歩く侍は迷いのない足取りで橋をわたり、人気のない土手道にあがった。松の木が忘れ去られたようにぽつりぽつりと立って、黒い影となっていた。

「伊助、観念するんだ」

後ろについていた鉤鼻の侍が、立ち止まって刀を抜いた。前を歩いていた侍も、刀の柄《つか》に手を添えている。

「おれは殺生《せっしょう》はしたくなかったが、こうなったからには生かしておけぬ。あくまでも白《しら》を切りとおすというなら、覚悟することだ」

そのとき、小さな足音がしたと思ったら、黒い影が敏捷《びんしょう》な獣のように鉤鼻の侍のそばに飛んできた。その手には闇を吸い取る白刃《はくじん》がにぎられており、刃風を立てて鉤鼻の侍に撃ち込まれた。

がちん。

第一撃は火花を散らしてはね返された。

さっと、八相《はっそう》に構えた黒い影を見て、伊助は心底救われた思いがした。

「菅谷さん、斬ってください。わたしに因縁《いんねん》をつける質の悪い侍です」

伊助はそういうなり、四、五間《けん》走って立ち止まった。

「菅谷千太郎か。刀を引け」

鉤鼻の侍が落ち着いた声で、諭《さと》すようにいった。菅谷千太郎は踏み込もうとしていた足を止め、

「おれのことを知っているのか？　誰だ？」

と、よく相手を見ようと目を凝らした。

「御殿山《ごてんやま》からの使いだ」

「なに、御殿山の……」

菅谷千太郎は驚きの声を漏らし、殺気を弱めた。

「伊助は店の金を横領している。それも五百両という大金だ。帳面に細工を施してきたようだが、そのことが露見した」

「まことに……」

「嘘ではない。伊助はその金を隠している。白状させなければならぬが、こやつなかなかの強情者《ごうじょうもの》で、手を焼いていたのだ」

「伊助、ほんとうか?」

菅谷千太郎が見てきた。伊助は首を振って答えた。

「出鱈目《でたらめ》です。この侍たちは因縁をつけて、わたしの金を奪おうとしているのです」

「だが、御殿山からの使いだと……」

「それも信用ならないことです」

「菅谷千太郎、伊助に手を貸すというなら、きさまも同罪とみなして斬り捨てる。みどものことを信じなければ、きさまに明日はない」

　鉤鼻の言葉に菅谷千太郎は迷っていたようだが、

「御殿山からの使いなら、刀を引こう」

といったものだから、伊助はおおいに慌てた。瞬時に最悪の事態になったと思い、駆けだそうとしたが、もう遅かった。行く手を塞《ふさ》ぐように鉤鼻の侍が目の前に立ったのだ。すっと刀の切っ先が、鼻先に向けられてきた。

　伊助は生きた心地がしなかった。膝ががたがたふるえ、顔から血の気が引いていくのがわかった。

「伊助、これが最後の慈悲だ。どこに金を隠している？　その在処《ありか》を正直に話せば、命だけは助ける。斬りはしない」

「ほ、ほんとに……斬らないでください。教えます、教えますから、どうかお命だけは……お助けください」

　恐怖で喉がカラカラになっていた。

「どこだ？」

「あ、はい。わたしの家の床下に壺がありま……」

声が途切れたのは、もうそこで言葉を発せなくなったからだった。伊助は遠のく意識と同時に冷たい大地に倒れていった。

第二章　似面絵

一

料理茶屋「六ツ川」は、大川を望む河岸地《かしち》のそばにあった。背後は大名屋敷地で、近くには鰻屋《うなぎや》や川魚料理を自慢にしている料理屋があった。夜になれば、清掻《すが》きが流れ、艶っぽい芸者の声が聞かれる土地である。

しかし、朝のうちはひっそりとしており、通りにも人の姿はあまり見られない。十内は六ツ川の前を行ったり来たりしていた。玄関の戸をたたいて声をかけても、うんともすんとも返事がないのだ。しかたがないので裏にまわろうとしたら、二階の窓ががらりと開き、

「いったい誰だい？」

という声が降ってきた。十内が見あげると、

「これはお侍様でございましたか……」

と、大年増の女が慌てて言葉つきを変えた。

「ここにお景という仲居がいたはずだが、ちょいと訊ねたいことがあるのだ」

「お景のことですか……」

女は少し考える目つきをして、すぐに戸を開けるからと姿を消した。ほどなくして玄関の戸が開けられ、十内は店のなかに入った。

広い三和土があり、立派な式台を配してある。すぐそばに暖簾のかかった帳場があったが、十内は式台に腰をおろして女と向かい合った。

女は六ツ川の女将《おかみ》で、お茂《しげ》といった。よく太った女だ。鬢に霜を散らし、化粧もしていないが、血色がよく、肌はぴちぴちしている。

お茂は、亭主と料理人は河岸に買い出しに行っているし、奉公人たちがやってくるのは昼ごろだと、聞きもしないのに話した。

「それでお景のどんなことをお訊ねになりたいのでしょうか?」

「お景の兄、佐吉から頼まれたのだが、突然お景がいなくなったそうだな」

「断りもなく店を休んだので、病気でもしているのではないかと思い、使いを出そうとした矢先に佐吉さんが見えられまして、家に帰っていないと申されますから、どうなっているのだろうかと、こちらが驚いた次第です」

「お景は六日ほど前から家に帰っていないという。六日前の晩にこの店でなにかあったのではないかと思うのだが……」

十内はお茂の目をのぞき込むように見る。

「いいえ、なにもございませんでした。お景はいつものようにやってきて、普段と変わらずに仕事をしておりました。愛想《あいそ》がいいので、客受けする子でした。揉《も》め事《ごと》もなければ、苦情もありませんでしたし、佐吉さんと同じようになぜいなくなったのだろうかと、店の者と話しているところなんです」

「佐吉はお蔦という女から、お景が四谷に行くようなことを聞いたといったが……」

「それはわたしもあとで聞きましたが、なぜ四谷なのかよくわからないんでございます。いい旦那ができたとか、いい人が見つかったとか、そんなことも聞いておりませんでしたからね」

「お景を誘った客がいるかもしれぬが、心あたりはないか？」

「さあ、それは……」

お茂は首をかしげる。

「お景はお蔦という仲居に、いい旦那ができたといっているそうだが……」

「あとで、お蔦からそんなことを聞きましたが、はてそれが誰なのかわからないのです」

「四谷から通ってくる客ではないのか」

「それが見当がつかないんでございます。四谷から見えるお客様はめったにありませんし、ここ三月《みつき》ほどは四谷から見えたお客様にも、心あたりはないんでございます。もっともみなさんのことを、なにからなにまで知っているわけではありませんし、どこから見えられたのかわからないお客様もいますから……」

「四谷から来る贔屓《ひいき》の客があるのではないか」

「いいえ。お得意様のことでしたら、当然わたしは知っておりますが、四谷の方はいらっしゃいませんで……」

「六日前の晩にお景が接客したなかに、四谷の客がいたかもしれぬな。その前に接客した相手かもしれぬが……」

お茂はそれにも心あたりはないといってから、言葉を足した。

「わたしは帳場と板場にいることが多《おお》ございますので、お景のことなら他の仲居から聞かれたほうがよいかもしれません」

「ならばお景と仲のよかった者を教えてくれるか」

お茂は、仲居頭《がしら》のお蔦の他に二人の仲居のことを教えてくれた。

最初に会ったのは、店からほどない長屋に住んでいるお宮という女だった。小柄であれば顔も小作りの若い女で、口調が早かった。

「お景ちゃんは、見た目が可愛《かわい》いからお客さんに、よく誘われたりからかわれたりしていましたけど、誘いを受けたことはなかったはずです。でも、わたしの知らないところでこっそりなんてあったかもしれませんけど、四谷の人はいなかったと思います。どうしてお蔦さんにそんなことといったのかわかりませんが……」

「お景には付き合っていた男がいたかもしれぬな」

「さあ、それはどうでしょう。そんなことは聞いたことがありません」

「お景と会ったり話をするのは店だけのことであったか」

「店の外で会ったことはありません」

「店に出るのは昼過ぎなのだな」

「はい、昼過ぎに出て掃除や細々《こまごま》したことをやって、夜四つ（午後十時）まで働きづめです。仕事が終わったときは、ぐったり疲れていますから、それから遊びに行くこともありませんし……」

結局、お宮はお景のことはあまり知らないというわけである。つぎにおのりという仲居に会ったが、これもお宮と同じようなことしか話さなかった。

仲居頭のお蔦は、神田佐久間町《さくまちょう》の長屋住まいだった。貫禄《かんろく》のある大年増で、物怖《ものお》じしない顔つきをしていたが、十内が戸口に立つと、その身なりに目をまるくして、

「粋なお侍さんですね」

と、半ば驚き半ばあきれたような顔をして家のなかに入れてくれた。

お蔦は十内に茶を出しながら質問に答えていったが、これも前の二人同様に詳しいことはわからなかった。ただ、最後に引っかかるようなことを口にした。

「これは他の店の者にはないしょにしていたんですが、お景ちゃんはちょっと手癖の悪いところがありました」

「手癖が……」

「一度見つけてきつく叱《しか》りつけたので、懲りたようですが、おそらく一度や二度のことではなかったはずです。わたしが見たのは客の巾着《きんちゃく》を探っているところでしたが、客のなかに大事な煙管をなくしたとか、財布の金が少なかったが、お代を払いすぎていないかなどと、明くる日にやってくることが何度かありました」

「お景のせいだというのか……」

「そうは思いたくありませんが、よくよく考えると、あの子が来てからそんなことが増えましたから……」

「ふむ」

十内は腕組みをして、しばらく視線を彷徨わせた。

「しかしながらお景はおまえさんに、四谷にいい旦那ができたといっているようだが、そんな男にはやはり心あたりはないのだな」

「ありません」

「付き合っていた男がいたかどうかもわからぬか……」

十内は独り言のようにつぶやいた。

「お客から誘いを受けることは何度もありましたが、あの子が応じたことはなかったはずですし、四谷の人もいなかったはずです。ひょっとすると、前の店で知り合った人かもしれませんね」

「前の店……」

「六ツ川に来る前には、両国の内田という貸座敷ではたらいていましたから……」

「内田だな」

二

「旦那、やっぱりあの晩に下手人を見たという者はおりませんで……」

洋之助の座っている床几にやってきた松五郎は辟易《へきえき》顔をしていた。

「ここはおまえの縄張りだ。下っ引きにも調べさせてるんだろうな」

「そりゃもちろんで……」

「おしづの近所の評判は悪くねえ。恨んでいる者もいねえ。おしづが人から恨みを買ったようなこともない。ないない尽くしってわけか……。すると、殺されるもとは手代の米吉にあったのか……そういうことかもしれねえな」

「そうなるとおしづは、巻き添えを食ったってことになりますね」

洋之助は松五郎には応じず、前を流れる日本橋川に目を向けた。川の向こうには大番屋がある。そこは小網町の茶店で、目の前を人足や行商人たちが行き交っていた。川沿いには商家の蔵が並んでおり、河岸からあげられた荷が大八車に積み込まれていた。

「旦那、どうしますんで……」

「おしづのことはあらかた調べたが、下手人につながるようなものはなにも出てこねえ。こうなったら、米吉のことをもう一度調べてみるか」

洋之助はどっこらしょとかけ声をかけて、床几から立ちあがった。これ以上なにも出てこないようだったら、やはり二人の死体を最初に見つけたという新蔵があやしい。なにより、半日以上たってから自身番に知らせているのだ。

新蔵は自分が下手人にまちがわれるのがいやだったから、知らせるのが遅れたといっているが、ただの口実かもしれない。

それに新蔵はおしづに惚れていた。おしづが手代の米吉と仲良くやっているのを見て、カッとなって殺したということは大いに考えられる。半日もあれば、返り血を浴びた着物も替えることができるし、凶器の刃物も見つからないところに捨てることができる。

やつはたしかに品川に泊まっていたが、旅籠をこっそり抜けだして、おしづの家を訪ねたのかもしれない。

「旦那、こっちですぜ……」

考え事をしながら歩いている洋之助に、松五郎が声をかけた。

「おう、そうだった」

洋之助はうっかり思案橋《しあんばし》をわたろうとしていたのだ。殺された手代の米吉の長屋は、新乗物町《しんのりものちょう》にあった。洋之助はぶらぶらと暇をつぶすように歩く。東堀留川沿いの河岸道である。やたらと燕《つばめ》が飛び交っている。空の高みからは鳶《とび》が声を降らしていた。

「しかし旦那、米吉は死んじまったんですから、もう家はありませんよ。やつの身内もあの長屋にはいませんし……」

「ごちゃごちゃうるせえことをいうな。おれが行くといったら行くんだ」

「へえ」

松五郎は首をすくめた。

「長屋の連中に米吉のことを聞くんだ。なにか出てくるかもしれねえ。こういうことは遺漏があっちゃならねえからな」

「さすが旦那です」

松五郎はご機嫌《きげん》を取るように揉み手をした。

殺された米吉の住んでいた新乗物町の長屋には、昼間とあって出職《でしょく》の亭主連中はいなかったが、子供の面倒を見るおかみや、居職《いじょく》の職人、そして隠居夫婦が残っていた。すでに米吉のことはひととおり聞いてあるが、ここは町方の同心らしく、洋之助は片端から同じような質問をぶつけていった。

だが、返答は変わり映えせず、米吉を悪くいう者はいなかったし、長屋でも評判のよい男だという印象が強まっただけだった。

「新しいことはなにも聞けませんでしたね」

聞き込みを終えたあとで、松五郎がいう。

「てめえは最初から無駄足になると思ってたんだろう。だがな、おれたちの調べには無駄がつきものなんだ。怠けたことといいやがると、てめえの十手を取りあげるからな」

「いや、それはご勘弁を」

不機嫌にいう洋之助に、松五郎は慌てた。

「今度は番頭だ。番頭のつぎは奉公人だ。信濃屋に勤めていたやつらにもう一度聞き込みをかけてゆく」

「それでわからなかったらどうします？」

「おい、松五郎」

「へい」

「おめえってやつはなんでもかんでも、だめだと考える悪い癖がある。仕事ってェのはなんでも地味なもんだ。辛抱《しんぼう》がいる。その先にいいことが待っているんだ。端《はな》からだめだと思ってちゃなにもできねえ。よく覚えておきやがれ」

洋之助はバシッと松五郎の頭を引っぱたき、行くぞと先に歩きだした。松五郎は固太りの体を小さくして、あとをついてゆく。

洋之助が足を止めたのは、横山町一丁目に入ったときだった。派手な赤い帯に、縹色の羽織姿は、遠目にも誰であるか一目瞭然《いちもくりようぜん》だった。

「いい野郎に出くわした」

洋之助はにやりと笑った。

「ありゃ、早乙女の野郎じゃありませんか」

松五郎はなぜか、十内に敵意を抱いている。

「やつから返事を聞かなきゃならねえことがある」

洋之助がそういったとき、十内の足が一瞬止まり、それから急ぎ足で近づいてきた。

三

「これはいいところで会った」

十内は洋之助に近づくなりそういった。

「野郎、なんだそのものいいは」

肩を怒らせてすごむのは松五郎であるが、十内は歯牙《しが》にもかけない。

「おれはいつもこの調子だ。服部さん、例の話ですが……」

「おうおう、おれもそのことを聞きたかったのよ。こんなところで立ち話もなんだ。そこの茶店でゆっくり話そうじゃないか」

洋之助は目についた茶店にすたすたと入って、緋毛氈の敷かれた床几に腰をおろした。十内はあとについてゆき、隣に腰掛ける。松五郎は少し離れたところで、面白《おもしろ》くなさそうな顔をしている。

「松五郎、たまには景気のいい顔をしねえか。おまえはよく見ると、なかなかいい男じゃないか。下駄を踏んづけた顔をしてるともったいねえ」

「なんだと、下駄を踏んづけた顔だとォ。この乞食侍が、生意気いいやがると承知しねえからな」

松五郎が腕まくりをして顔をまっ赤にすると、「まあまあまあ」と洋之助が手をあげて、十内と松五郎を分けた。それから、しばらく黙っていろと松五郎に釘を刺して、

「例のおれのいったことだ。やってくれるか」

と聞いてきた。

「その話をしたかったのだ。受けてもよいが、約束は守ってくれるだろうな」

「おい、早乙女ちゃん、おれは天下の町奉行所の同心だ。町の者に嘘《うそ》をいって約束を破ったら同心なんてやってられねえだろう」

「もっともだ。だが、おれはあんたのことは簡単に信用できない」

「なにを……」

洋之助の色白の顔がにわかに朱に染まった。

「仕事は引き受けるが、前金で五両払ってくれ。下手人を見つけたら、残りの五両をもらう」

「おい、おれを舐めてるのか」

洋之助の目が鋭くなった。

「舐めちゃいないさ。だが、おれも商売でやっている。ただ働きになったら飯の食いあげだ。少なくともあんたのためになる働きはすると約束する」

「そうかい」

洋之助は少し考える顔つきになって、赤い唇を人さし指でなぞった。

「早乙女ちゃんも、隅に置けねえ男だ。ただの浪人だと甘く見ちゃならねえってことか。まあおめえさんも〝よろず相談〟などという看板を、伊達に掛けてるわけじゃないってのはわかっているがよ。ただし、おめえが動いたところでなんの手掛かりもつかめなかったらどうする？」

「おうそうだ。そうなりゃ前金をどぶに捨てたことになる」

松五郎が勢い込んでいう。

「五両は手間賃だ。そう考えてもらわなきゃ身動きが取れない。おれは商売で服部さんの依頼を受ける腹だ。そこのところを呑んでもらわなきゃ首は縦には振れぬ」

十内は松五郎を無視していう。

「それじゃ、下手人を召し捕ることができなかったら、おれは五両の大損だ、早乙女ちゃん。だが、よし。おまえさんのいい分もわからなくはねえ。だが、おれにもいい分はある。やってくれるからには、下手人を召し捕る手掛かりを必ずつかんでもらう」

洋之助は蛇のように冷たい目で十内を見つめた。

「やれるだけのことはする。下手人を召し捕るのはその仕儀次第だ」

「いいだろう。それじゃこうしようじゃねえか。前金は払うが三両だ。それで呑んでくれ」

（三両か……。そう来るとは思っていたが……）

十内は腹の内でつぶやいてから、折れることにした。

「わかった。三両で呑もう。下手人を召し捕れたら残り七両は払ってもらう。それでいいな」

「なかなか物わかりがよくていいねえ、早乙女ちゃんは」

十内は「早乙女ちゃん」と呼ばれることに抵抗を覚えるが、もうなにもいわないことにした。洋之助は懐《ふところ》から財布を出すと、小粒（一分金）を十二枚、十内の掌にのせた。それをつかんだ十内は懐に入れて、

「では、請け負った」

といった。

「中途半端なことは許さねえ。それから折々におれに知らせを入れるんだ。どうなっているか知りたいからな」

「どこへつなげばいい？」

「松五郎の家でいい」

「え、あっしの家に……」

松五郎がげじげじ眉を動かして目をまるくした。

「おまえは黙ってろ。こいつは手下に煙草屋をやらせている。今助《いますけ》という男が店番をしている。そいつに知らせれば、おれにつなぎが入ることになる」

「場所は?」

「小網町二丁目の貝杓子店《かいじゃくしだな》だ。目の前は鎧《よろい》の渡《わた》しだから、あの辺を歩きゃすぐわかる」

松五郎が面白くなさそうな顔でいった。もっともいつも同じ顔ではあるが。

「これまで調べたことをざっと話しておく。耳かっぽじって聞くんだ」

洋之助は茶をずるっと飲んでから言葉をついだ。十内は耳をほじった。

「前にも話してはいるが、殺されたのは元信濃屋の女主《おんなあるじ》・おしづ。そして手代の米吉。二人が懇《ねんご》ろの仲だったかどうか、はっきりはしていねえ。信濃屋にいた奉公人たちの話からすれば、米吉はおしづに気があったらしいが、おしづはそうでなかったようだ。二人の仲をやっかんでの殺しかもしれねえが、どうもはっきりしねえ。だが、一人だけあやしいやつがいる。新蔵という男だ」

「二人を見つけた男だな」

　十内が口を挟むと、洋之助は最後まで黙って聞けといってつづける。

「新蔵はおしづに惚れていた。上方に行ったのは商人《あきんど》の修業のためだといっている。どうにか商売のいろはを覚えたので、江戸に帰ってきたらしいが、おしづをもらいたかったようだ。だが、帰ってきたらおしづと米吉が仲良くやっていたので、カッとなって刺しちまったという見方もできるが、まだこれはおれの推量のうちだ。いままでの調べでは、おしづと米吉に揉め事はなかった。恨むやつもいないようだ。もっとも奉公人のなかには、女主のおしづのやり方に不満を持っている者もいたが、殺しをするほどの不満じゃない。殺しのあった晩に、下手人あるいはあやしい人間を見た者はいない。下手人の手掛かりはまったくねえ。だが、ひとついえる。殺された二人は抵抗した様子がない。つまり、相手は二人をよく知っている人間だと考えていい。さもなくば、相当刃物さばきがうまいやつの仕業だ。それが大まかなところだ」

　一気にしゃべった洋之助は、茶のお代わりをした。

「二人を見つけた新蔵はどこにいる？」

「大番屋の仮牢《かりろう》だ。まだ放免するわけにはいかねえからな」

十内も洋之助にならって、冷めた茶を口に運んだ。

「下手人の落とし物とかそんなものは……」

「あればとっくに教えている」

「それじゃまったく手掛かりなしってわけではないか」

「だから困ってるんだよ早乙女ちゃん」

十内は遠くに目を向けた。商家の屋根の向こうに、じっと動かない雲が浮かんでいた。

「新蔵に会いたい」

十内は洋之助を見た。

四

十内は町方の同心ではないし、公認の中間でも小者でもない。したがって大番屋に入れたとしても、仮牢に行くことはできない。洋之助が新蔵を連れてくる間、十内は何故に敵意を剝《む》き出しにするのかわからない松五郎と仲良く詰所《つめしょ》横の小部屋で待っていた。

　十内は出された渋茶を飲んで、松五郎に笑みを浮かべた。

「なにを笑ってやがる？」

　とたん松五郎が口をとがらす。

「笑っちゃいないよ。どうでもいいが、松ちゃんよ……」

「松ちゃん」

　松五郎は声をひっくり返した。

「松五郎と呼び捨てにされるよりはいいだろう。それより、おまえ、なぜおれをそう毛嫌いする。おれのどこが気に入らないんだ」

「なにもかもだ。てめえのその派手な身なりといい、顔つきといい、ふてぶてしい態度といい……みんなひっくるめて気にいらねえんだ。乞食侍のくせしやがって、なにが〝よろず相談〟だよってんだ」

　十内はなにをいわれても柳に風と受け流し、穏《おだ》やかな顔を保った。片意地を張り、むきになる松五郎を可愛いとさえ思う。もっとも好きにはなれないが、端から相手ではないというのはわかっている。それでもこういう男も使い道があるから、洋之助が重宝しているのだろう。

「じろじろ見るんじゃねえ」

松五郎がそっぽを向いたとき、洋之助が戻ってきた。背後には番人に連れられた新蔵がいた。腰縄を掛けられている。

「出してくれると思ったら、今度はなんです？」

新蔵の顔に落胆と怒りの色が刷《は》かれた。

洋之助にまあ座れと、うながされると、ふて腐れたように十内の前に正座した。商人には似合わない気性の強い目をしている。それとも、取り調べに腹を立てているのか……。

「新蔵というのだな。おまえのことは大まかに聞いたが、正直なことを話してくれ」

「あなたは何者です？」

新蔵はいささか奇異な身なりの十内を疑わしそうに見た。

「服部さんの助《すけ》をすることになった早乙女十内という。よろず相談所という商売をやっている浪人だ」

「よろず、相談……」

「どんな相談でも引き受けるという商売だ。犬猫探しはやらないが……」

「だったら早乙女さん、わたしを助けてください。わたしは人殺しなんかやっちゃいないんです。おしづに会いたい一心で訪ねたら、殺されているのを見つけてしまったんです。ただ、それだけなのに、この町方の旦那はまるでわたしが人殺しのような扱いをして、ほとほと困っているんです」

新蔵は強気の目から一転、救いを求める目になった。

「おい新蔵、おめえの嫌疑が晴れるまではしかたがねえんだ。おれだっておめえをいつまでも留め置いておきたくはねえさ。だがよ、おめえが二人を殺していないって証拠がないんだ」

そういう洋之助を、新蔵はキッと表情を引き締めて見た。

「旦那、なんべん同じことをいわせるんです。わたしは神にかけてもやっていません。行ったときにはもうあの二人は死んでいたんです。旦那がおっしゃるように、夜中に品川の旅籠を抜けだしてもいません。着物もあの旅籠に入ったときと同じなんです。どうして信じてくれないんですか」

　新蔵は泣きそうな顔で、もう勘弁してくれほんとになにもやっていないんです、どうしてこんな目にあわなければならないんですと、目に涙をにじませる。

「落ち着け、新蔵」

　十内の声で、新蔵はゆっくり顔をあげた。

「おまえが無罪なら動じることはない。ことの真相がわかるまで狼狽《うろた》えず待つんだ」

「待つって……いつまでです。わたしには、やらなければならない仕事があるんです」

「仕事も大事だろうが、御番所もあっさりおまえを放免するわけにはいかないんだ。服部さんだって、端からおまえを疑ってるわけじゃない。要は真実を明らかにしなければならないだけなのだ。そうだな服部さん」

「いかにもそうだ。早乙女ちゃんもいいこというね」

　洋之助は十手で自分の肩を、トントンとたたく。

「とにかくあの二人が殺された前の晩のことを教えてくれ。おまえは品川の近江屋に泊まっていたんだな。繰り返しの話になると思うが、思いだせることがあったらなんでも話すんだ」

　十内は必死になにかを思いだそうとする新蔵の顔を見つめた。

「旅籠に入って部屋に案内されて、それで風呂に入り、一階の座敷で晩飯を食べて……とにかく疲れていたんで、酒の二合も飲みきれずに、部屋に戻って泥のように眠っただけです」

「寝たのは何刻《なんどき》だ？」

「おそらく宵五つ（午後八時）過ぎだったと思います。夜中に目も覚めず、起きたらもう朝でした」

　それだけでは新蔵の無実を証明することはできない。

「隣の間にも泊まり客があったのではないか……」

「いましたが、どこのどんな人なのかわかりません。顔も合わせませんでしたから」

「旅籠を出たのは朝餉《あさげ》を食ってからだな」

「はい、宿賃を帳場で払って出たのは、六つ半（午前七時）ごろだったと思います。

それでまっすぐ日本橋の信濃屋に行ったんですが、店が変わっておりまして、いったいどうなっているんだと驚いたんです。それで、おしづが住んでいる家のことはわかっていましたから訪ねたら、あんなふうになっていて……」

「なぜ、すぐ届けなかった？」

「そりゃ届けようと思いましたが、ひょっとすると自分が下手人にまちがわれるのではないかと恐ろしくなりまして、それで迷っていたんです。ほんとです、服部の旦那にも何度もいっていますが信じてもらえませんで……」

十内は新蔵の目を凝視《ぎょうし》した。この男は嘘はいっていないと思った。また、殺しのできるような目つきでもない。

「おしづの家に行ったとき、誰かいなかったか？　あるいは家のそばであやしい者と出会わなかったか？」

新蔵はしばらく考えたが、家には誰もいず、あやしい者も見なかったと、力ない声でいった。

「おまえがおしづの家に行ったのは、何刻ごろだ？」

「四つ（午前十時）の鐘を聞いたのは、おしづの家を出たあとでした」

十内は、「ふむ」とうなった。問題はその後の新蔵の行動ではなく、おしづと米吉が殺されたと思われる前夜のことである。それが夜中だったのか、朝方だったのかがわからない。その疑問を洋之助にぶつけると、

「検屍《けんし》役は前の晩から朝方にかけてということだった。細かいことはわからねえそうだ」

洋之助は十手で肩をたたきつづけている。

「新蔵、おまえは神にかけてもやっていないといったが、まことか……」

十内はまっすぐ新蔵を見た。新蔵も見返してくる。その顔に、格子《こうし》窓《まど》から射《さ》し込む光があたっていた。

「やっておりません」

新蔵はきりりと顔を引き締めていった。

五

大番屋を出た十内は、

（これは忙しくなったな）

と、胸の内でつぶやいて歩く。夏の光は日に日に強くなっており、歩くだけでじわりと汗が浮かんでくる。

同時に二つのことを片づけなければならないが、佐吉からの頼まれ仕事はあまり金にならない。かといって、請け負った手前放っておけないし、佐吉には大いに同情すべきところがある。一方の洋之助の依頼は、二人の人間が殺されているから、見過ごせないのはいうまでもないが、生計《たつき》のためにはなんとしてでも真相を明かさなければならない。

洋之助から受け取る予定の十両（三両の前金はもらっているが……）は、大金である。一人前の大工の年収が二十両ほどだから、うまくすれば半月で稼げる勘定だ。もちろん、下手人を召し捕ることが前提条件ではあるが。とにかく十内はいろいろと策を練らなければならなかったし、とてもひとつの体で解決できる仕事ではない。

行ったのは豊島町《としまちょう》にある「栄《さかえ》」という飯屋だった。柳原《やなぎわら》通りに面した古ぼけた店で、昼間から酒を飲ませてくれるので飲み助に重宝がられている。店の脇にしおれた菖蒲《しょうぶ》が生をまっとうしようとしている。その代わりに、牡丹《ぼたん》が元気な花を咲かせていた。

汚れきった暖簾をくぐって店に入ると、入れ込みの片隅の壁にもたれ舟を漕いでいる客がいた。馬面の男で、寝間着なのか普段着なのかわからない、継《つ》ぎ接《は》ぎだらけの粗末な着物を着ている。片頬の鼻の穴から、鼻風船がしぼんだりふくらんだりしていた。

店の女将がやってきたが、すぐ帰るといって、

「おい、孫助《まごすけ》。起きろ」

と、男を揺すった。

「う、うん……うーん」

うなって目をあけた孫助は、はっとした顔になり、

「これは先生じゃありませんか。いやあ驚かさないでくださいよ」

と、酒臭い息を吐く。なぜか、孫助は十内のことを先生と呼ぶ。なんでも侍のことはみな先生なんだそうだ。

「ちょいと頼まれてもらいたいことがあるんだ」

「へえ、なんでございましょう」

　孫助は乱れた着物の襟を整え、煙草盆を引きよせた。

「日本橋北の品川町に、信濃屋という店があった。いまは伏見屋という店になっているが、なぜ信濃屋がつぶれたか、それをちょいと探ってくれるか」

「へえ、品川町の信濃屋でげすね。ようござんすよ。それでいつまで……」

「できるだけ早いほうがいい。これは酒手《さかて》だ。取っおけ」

　十内は気前よく小粒をわたした。とたん、孫助の馬面が嬉しそうに崩れる。

「それじゃ早速にも調べてみましょう」

「頼んだ」

　十内はそれだけをいうと、店を出た。つぎに向かうのはお景が勤めていたという両国の貸座敷屋「内田」である。六ツ川の仲居頭・お蔦から聞いた話がどうも心に引っかかっていた。内田は米沢町《よねざわちょう》三丁目の東端にある立派な貸座敷屋だった。祝言《しゅうげん》や会合に座敷を貸すのを生業《なりわい》にしているが、内田は料理屋も兼ねており、仕出しもやっているようだ。

　ぶらりと店の玄関に入った十内は、通りがかった年増の仲居に声をかけて、お景のことを訊ねた。

「お景ちゃんのことですか……」

　仲居は知っているようだ。

「以前ここに勤めていたようだが、そのときのことを教えてもらいたいのだ」

「なぜ、そんなことを……」

　仲居は前垂れで濡《ぬ》れてもいない手を拭《ふ》いて、警戒の目を向けてきた。

「おれはあやしい者ではない。早乙女十内というしがない浪人だ。橋本町でよろず相談所なるものをやっていて、お景の兄・佐吉に、いなくなったお景を探してくれと依頼されていてな」

「お景ちゃんがいなくなったって、それはどういうことです？」

「それがわかっていれば苦労はしない。だから聞きに来ているんだ。おまえさんはお景を少なからず知っているようだ、ちょいと話を聞かせてくれるか」

「ええ、それはまあ……」

　仲居は帳場の奥を気にするように見て、長い話はできないがちょっとだけだったら表でできるといって、下駄を突っかけて店の外に出た。明るい日の下で見る仲居は、四十を越しているようだった。目尻の小じわが目立った。

「おまえさん、なかなかの器量よしだな。店の客にもてるだろう」

「あら、そんなことはありませんよぅ。子持ちのおっかさんなんですから」

仲居は嬉しそうに照れ、警戒心をあっさり消してしまった。単純な女だ。

「いやいや、若いときは相当男を泣かしたんじゃないか。それよりお景のことだが、この店をやめたのはどういうわけだろうか」

「それはお景ちゃんがやめるといったからですけど、その前にちゃっかり六ツ川に話をつけていたようです。もっとも紹介されてのことだったみたいですけど」

「紹介したのは誰だかわかるか？」

「さあ、それはよく知りませんが、あとでお景ちゃんに聞いたら、面倒見のいい人がいてそうしてくれたといっていました。でも、お景ちゃんがいなくなったって、どういうことです？」

「六日ほど前の晩、店を出たきり行方がわからなくなっているんだ。いい旦那ができて近いうちに四谷に行くようなことをいっていたらしいが……」

「四谷ですか……」

仲居は視線を空に彷徨わせ、考える目つきになった。

「お景には付き合っていた男がいたのではないか？　それが四谷の男ではないだろうかと思うのだが、心あたりはないか？」

「四谷の人といわれてもぴんと来ませんが、お景ちゃんは若いし、器量もよいから口説《くど》く人は何人もいました。でも、決まった人はいなかったと思います。でもね……」

最後は歯切れが悪かった。十内は眉宇《びう》をひそめた。

「でもねって、なにか知っているのだな」

「お景ちゃんがいなくなったことと関係ないかもしれませんが……」

「なんだ。知っていることがあったら教えてくれ。そうは思いたくないが、お景の身が危うくなっているかもしれないんだ」

「悪口はいいたくありませんが、お景ちゃんは……口説かれることがままありましたけど、あれは自分から口説かれるように仕向けていたんです。あたしは亭主持ちの女ですから、それとなくわかったんです。ときどき、この子は若いくせにずいぶんませたことをと、あきれることがありました」

それは、お景が気に入った客に、必要以上に媚《こ》びを売ることだった。わざと鼻にかかった甘え声で近づき、ときには困ったことがあるといって湿っぽい声で、目を潤ませたりしたという。男は女の涙に弱いし、若い娘にはなおのこと弱い。

仲居はそんなところを何度か目撃しているのだった。あるときは、座敷奥の小部屋に男を連れ込んでしばらく出てこなかったり、目をつけた客のあとを追って、袖にすがりつくように身を寄せたりしていたという。

「そんな客のほとんどはどこかの店の若旦那だったり、番頭さんのことが多かったんですが、もっと金持ちの来る店に移りたいと、ぽつりと漏らしたことがあります。それから三月もせずに六ツ川に移っていったんですから、わたしは舌を巻いていたんです」

内田は料理屋を兼ねる貸座敷屋である。金持ちの客がいたとしても、なにかの祝い事や集まりがないとやってこない。しかし、六ツ川は一流の高級店で、客層がよい。羽振りのよい旗本や商家の主といった金持ちがほとんどで、常連客も少なくない。

お景は自分の後ろ盾になってくれそうな金のある男に、取り入ろうとしていたのかもしれない。

とにかく気になるのはお景を六ツ川に紹介した、面倒見のいい男である。これが四谷の男なら、お景の居場所はすぐにわかるはずだ。その男を割り出すためには、もう一度六ツ川に行かなければならない。

仲居に礼をいって内田をあとにした十内は、六ツ川に行く前に、もう一軒立ち寄りたい店があった。それはお景が十二歳のときに働きはじめた水茶屋だった。

その水茶屋は向柳原《むこうやなぎわら》にあった。神田川に架かる和泉橋《いずみばし》のそばで、目の前は佐久間河岸だ。話をしてくれたのは水茶屋の女将だった。五十に手が届こうかという大年増で、肌がかさつき化粧ののりが悪く、前歯がなかった。煙草の吸いすぎなのか、いがらっぽい声で十内に話してくれた。

「来たのは十二のときでしたよ。まだ可愛くてほっぺなんかすべすべだったし、一時はうちの看板娘になってくれました。それが、一年ほどたつと、わたしの気づかないうちに色気づきましてね。奥で酒の相手をするようになり、化粧が濃くなっていったんです。すけべな客は冗談半分でお景の尻を触《さわ》ったりするんですが、なかには本気で口説く性悪《しょうわる》な男もいましたけど、お景はうまくあしらうんです」

「ほう」

「そのあしらい方が、子供じゃないんです。口説かれればその気を見せて、相手を弄《もてあそ》び、金を巻きあげちまうんです。そりゃ、大きな声じゃいえないけど、うちの店も客を取ることはありますよ。でもねえ、あんな生娘《きむすめ》にはやらせたくなかったんです。それに佐吉という兄さんは気のいい真面目な男じゃありませんか。あんた、こんなことしてたら兄さんを悲しませることになるよ。苦労してあんたの面倒を見てくれているんだから、もう二度と客と二人きりになっちゃだめだって叱ったんです」

「それで……」

十内は顔色のよくない女将の顔を見て聞く。

「ところが陰でこっそりとやっているのを知ったから、あたしゃこりゃあうちに置いておくとろくなことにならないと思ったんです。佐吉という兄さんに連れられてきたとき、あたしゃお景を見て、自分の娘にしたいと思ったほど可愛い子でしたからね。読み書きを教えたりして可愛がりましたよ。お景もよくなついてくれて嬉しかったんですが、まさかあんなふうに変わるとは思いもしませんでした。でも、それはわたしが悪いんだ。こんな店で働いているから、知らないでいい大人の世界のことを知っていくんだと思ったんです。それでうちの旦那と相談して、佐吉を呼んで、ちゃんとした料理屋か商家に奉公にやりなさいといってやったんです。もちろん佐吉をがっかりさせたくないから、お景がどんなことをしたかは黙っていましたが……」

「それで貸座敷の内田に移ったのか」

「あの店は佐吉が見つけて、頼み込んだと聞いています。妹思いの兄さんだから、あちこち訪ねて内田だったらまちがいないと思ったんでしょう」

お景が水茶屋にいたのは二年だった。十二歳から十四歳までのことだ。それから一年半ほど内田の仲居をして、六ツ川に移っている。

ちなみに四谷方面に、お景によくしてくれた男がいないかと聞いたが、

「さあ、そんな人はいなかったはずです。うちはこんな店だから、通りすがりの客がほとんどですからね」

と、女将は答えた。

十内はお景の過去を探るうちに、なんだかむなしくなってきた。佐吉は居ても立ってもいられないほど妹のことを心配しているのだ。ところが、その妹は兄には見

せない別の顔を持っているようである。だからといって、佐吉に頼まれたことを投げだすわけにはいかない。

十内はもう一度、六ツ川に行った。店は暖簾こそ上がっていなかったが、板場や客間に人の数が増えていた。仲居たちは開店の支度に追われていたし、板場では主と下の料理人たちが仕込みに汗を流していた。

お景を六ツ川に紹介した男のことはすぐにわかった。教えてくれたのは、店主の勘平《かんべえ》だった。

「それでしたら菊屋《きくや》の太兵衛《たへえ》さんです」

「菊屋……」

「日本橋の酒問屋ですよ」

六

霊岸島浜町《れいがんじまはまちょう》の中ほどにある伊豆屋《いずや》という醤油酢《しょうゆす》問屋に、元信濃屋の大番頭だった松兵衛《まつべえ》は勤めていた。洋之助が会うのは初めてである。

「なかなかの店構えだな。こんな店があったとは気づかなかった」

洋之助は傾きはじめた日の光を受ける、伊豆屋の佇《たたず》まいを眺めて独りごちた。間口十間はある店だ。店の玄関脇に大八車が三台置かれており、天水桶《てんすいおけ》には手桶がきれいに積んである。洋之助はいつものように松五郎を連れているが、弁蔵という股《また》の小者もいっしょだった。

「おまえたちは表で待ってろ。話はおれが聞いてくる」

洋之助は暖簾をはねあげて店に入った。土間には醤油や酢を入れる樽《たる》が並んでいる。小売りもするらしく、樽の上には柄杓《ひしゃく》が置かれていて、壁に一合いくら、一升いくらなどという値札が貼られていた。それらをちらりと見てから、帳場格子に座っている男に目を向けた。眼鏡《めがね》をかけている。

洋之助は黒紋付きに着流し、髷は小銀杏《こいちょう》であるからすぐに町方の同心だとわかる。眼鏡をかけている男はやや緊張の面持ちで、むすっと黙っている洋之助に、

「なにか御用で……」

と、おそるおそる訊ねた。

「おぬしは番頭か？」

「へえ、大番頭を務めております庄兵衛《しょうべえ》と申します」

「この店に立ち寄るのは初めてだが、他の同心が訪ねてきているだろうな」

「はい、ときどき草津様がお見えになります」

（あの男か……）

草津はいわゆる三廻り（定町廻り・臨時廻り・隠密《おんみつ》廻り）ではない年寄同心だった。主に分課分担のない与力《よりき》が交替で宿直《とのい》をするときの補佐役だ。つまり、外役の与力や三廻りの同心らのような権威はない。それなのに草津がときどき顔を出すということは、何某《なにがし》かの謝礼を受け取っていると考えられる。

しかし洋之助は、いまはそのことは後まわしにして、用件を切り出した。

「信濃屋にいた番頭の松兵衛がこの店に移っていると聞いた。会いたいので、つないでくれないか……」

「へえ、それじゃしばしお待ちを」

眼鏡の大番頭は奥に消えていった。店は客の出入りもなく暇そうである。繁忙時が過ぎているのかもしれない。こういった店は大まかに朝のうちが忙しいのが相場だ。午後は帳づけや細々した仕事に追われる。

ほどなくして松兵衛が、土間の奥からやってきて挨拶をした。ひょろりと背の高い色白の年寄りだった。

「おぬしは品川町の信濃屋で番頭をやっていたな」

「はい、長い間勤めさせていただいておりましたが、残念なことに商売が行き詰まってしまいまして……」

「商売のことはよい。女主のおしづと手代だった米吉が殺されたことは知っていると思うが、そのことでいくつか訊ねたいことがあるんだ。ここで立ち話もなんだ。ちょいと上にあがらしてもらって茶でも出してくれるか」

厚かましい洋之助だが、相手は断れないから、どうぞといって客座敷に通してくれた。女中が茶を運んできて下がると、

「まわりくどいことは面倒だからやめるが、おしづと米吉はどういう間柄だった？　おまえは長年あの店にいた番頭らしいから、その辺のことは知っているだろう」

洋之助はそういって、ずるっと茶に口をつけた。上々吉《じょうじょうきち》の茶だとわかった。

「どういう間柄だと申されますのは……」

「男と女の関係があったのかどうかということだ。おまえもそのくらいのことはわ

かるだろう」

「いえ、あの二人の間には、なにもなかったはずです。米吉は真面目な奉公人でしたし、まさか身分もわきまえず、おかみさんといい仲になっていたとはとても考えられません」

「そんな素振りはなかったということか」

まったくなかったと、松兵衛は自信ありげにいう。

「おかみさんが米吉を可愛がっておられたのはたしかですが、まさかそんな……」

松兵衛は噴き出しそうな顔をして、再度否定した。洋之助は顔をしかめた。

「それじゃおしづに男がいたかどうかはどうだ。二十四だったのに、亭主もいなかった。まさかずっと独り身を通すつもりではなかったはずだ。年も年だから男の影があってもおかしくなかったはずだ。松兵衛、これは大事なことだから知っていることはなんでも隠さず話せ」

「はい。……しかし、おかみさんにそのような方はいませんでした。もっともわたしが知っているかぎりではございますが……」

「縁談の話もなかったというか」

「いえ、それは始終ございました。なにしろおかみさんは、器量のよい方でしたから、そりゃ引く手あまたでした。心が揺らいだときもあるようですけれど、いつも丁重な断りを入れるのが常でございました」

　その話がほんとうだとすると、おしづと米吉の仲を妬《ねた》んでの殺しではないということになる。もっともいま、そうだと決めつけることはできないが。

「新蔵という男が信濃屋にいたな」

「上方へ行った新蔵でございましょうか」

「そうだ。二人が殺されていたのを見つけたのはその新蔵だ。江戸に帰ってきたその日に、ああなっているのを見つけたといっている」

「新蔵が見つけたんでございますか？」

　松兵衛は白髪《しらが》まじりの眉を動かして驚き、言葉を足した。

「あの男は、じつはおかみさんに惚れておりました。もっとも先代がお元気なころのことですが、店に入り立てそうそうに分《ぶん》もわきまえずおかみさんにいい寄っていたんでございます。何度かたしなめたことはありますが、若い新蔵の気は静まらなかったようです。もともと気性の激しい男でして、おかみさんに縁談話が持ちあがるたびにヤキモキしていたのを知っております。ついには、そんなことに業《ごう》を煮やして上方に行ってしまったんですが、そうでございますか、あの新蔵が江戸に帰ってきたのでございますか」

洋之助は目を厳しくした。松兵衛のいまの話は大事な証言になる。おしづに惚れていた新蔵は、江戸に帰ってきて真っ先にそのおしづを訪ねた。ところが、おしづは米吉と仲良くやっていた。二人はなんの関係もなかったかもしれないが、気性の激しい新蔵はカッとなって我を忘れ二人を刺し殺してしまった。

「新蔵は米吉のことは知っていたのか？」

「はい、丁稚奉公に来たのは同じころでしたから当然知っておりましたが、あまり仲はよくなかったようです」

これも大事な証言だ。気に食わない米吉が好いた女といっしょにいれば、新蔵は穏やかな心境にはなれなかったはずだ。それに、二人とも新蔵を知っているから、まさか殺されるなどとは思わなかっただろう。すっかり気を許し、油断していたにちがいない。しかし、嫉妬《しっと》のあまり憎悪《ぞうお》した新蔵は、油断だらけの二人を刺したのだ。

最悪、下手人が見つからなければ、新蔵を拷問責めにして、やつの仕業に持っていけるかもしれない。洋之助はそんなことを、ちらりと頭の隅で考えた。

「なにか……」

洋之助が黙っていると、松兵衛が訝《いぶか》しそうに身を乗りだした。

「いや、なんでもない。つまり、新蔵はおしづに惚れていたが、おしづはそうではなかったということであるな」

「おかみさんがどう思っていらしたかはわかりませんが……」

「うむ、あいわかった。それで、松兵衛。この店の亭主はいるか」

「へえ、いますが」

「ちくと話があるので呼んでくれ。ああ、おまえは仕事が忙しいであろうから、もういいぞ」

一人になった洋之助は、座敷の欄間《らんま》を見あげた。花鳥風月を凝らした意匠が施してある。唐紙《からかみ》も安物でないし、奥に見える小庭の手入れもよく行き届いているし、隣の座敷の床《とこ》の間《ま》には、いかにも高価そうな軸が掛けてある。

いざとなれば早乙女十内に、十両（内三両は渡してあるが……）を払わなければならない。それは約束だから守るつもりではいるが、自分の腹を痛めるつもりは端からない。なにか用立てを考えていたが、この店に来たのはまちがいではなかったと、洋之助は算盤を弾《はじ》いていた。

「これはお初にお目にかかります。伊豆屋の主・市兵衛《いちべえ》でございます」

座敷口で丁寧《ていねい》に辞儀をして、市兵衛が洋之助の前にやってきた。

「おれはこの店には初めて来たが、なかなかいい店じゃねえか。番頭も何人もいるようだし、亭主の顔色もよい」

「いえいえ、番頭は二人だけでございます」

市兵衛は鼻の前で手を振って商売用の笑みを浮かべたが、目には警戒の色があった。

「草津という年寄同心がときどき邪魔をしているそうだな、なにをしに来てる?」

洋之助は腰の十手を抜いて、わざとらしく高く掲げると、自分の肩をトントンとたたきはじめた。

「なにをと……うちは秤売《はかりう》りをしておりますので、醬油や酢をお求めになりに見えるだけでございます」

「すると、この店に揉め事があったときはどうする？」

「そのときは真っ先に御番所（町奉行所）に……」

「だったらおれに頼め」

洋之助は遮っていった。

「おれが面倒を見てやる。ここはごろつきの多い新川《しんかわ》に近いし、ちょいと永代橋《えいたいばし》をわたれば質の悪い博徒《ばくと》連中もいる。やつらはいつ難癖をつけてくるかわかりゃしねえ。そんな性悪なやつらと揉めるのは遠慮したいだろう」

「そりゃあ遠慮もなにもご勘弁願いたいものです」

「火付けに殺しが近ごろ多い。盗みだって目に余るほどだ。だが、おれたちは忙しくてなかなか手がまわらねえ。もしものことだが、この店に面倒事が起きたらどうする」

洋之助は十手を膝に置いて、じっと市兵衛を見つめる。

「それは……」

「困るだろう。さっさと片づけてほしいのに、町方がやってこなかったら、いつまでも悪いやつらにいいようにされるだけだ」

「あのどうしろと……」

　顔をこわばらせた市兵衛に、洋之助はにやりと笑ってやった。

「ここまでいやァ、亭主だってわかるだろう。なにも、みなまでおれにいわせることはねえ。なあに、ちょいと入り用があってな、その十両ほどこさえなきゃならねえんだ」

　市兵衛はゴクッと生つばを呑んで、わずかに身を引いた。

「なにか事があったとき、おれがついてりゃ便利だぜ。住まいの八丁堀も目と鼻の先じゃねえか。これもなにかの縁だ。損はさせねえさ」

　市兵衛は苦渋の色を浮かべていたが、やがてしかたないというふうに首を振り、

「では、お近付きの印ということで……」

と、席を外してすぐに戻ってきた。

　今度は黙って洋之助の前に座り、半紙で丁寧に包んだ金包みをすっと青畳に滑らせた。

「亭主、長生きするぜ」

　洋之助は金を懐に差し入れた。

七

通旅籠町の団子屋の店先で、十内はみたらし団子を食ったばかりだった。甘いものはあまり食べないが、空きっ腹を誤魔化すためだった。指についた餡《あん》をなめながら通りをぼんやり眺める。

誰もが家路を急ぐように歩いている。気の早い夜商《よあきな》いの店は、暖簾を上げてもいた。町屋の上には夕映えの空が広がり、数羽の鴉《からす》が声を散らしながら西のほうへ飛んでいった。

ぼーんと、暮れ六つの鐘が鳴った。それは捨て鐘で、つづいて時をしらせる鐘音が空にひびいてゆく。

十内はお景を六ツ川に紹介したという菊屋太兵衛に会うつもりだったが、というの本人が出先からなかなか帰ってこないので、会うのを明日にまわして、先に佐吉に会いに来たのだった。

佐吉の勤める佐野屋は、十内がいる団子屋のはす向かいにある。中規模の乾物屋で、ようやく暖簾がしまわれたところだった。十内は先ほど店を訪ねたばかりで、大事な用があるというと、佐吉は早めに帰るようにするからしばらく待ってくれといった。

暖簾がしまわれてから四半刻もせずに、佐吉は早足でやってきた。

「お待たせいたしました。大事な用とはいったいなんでございましょう」

佐吉は実直そうな目を向けてくる。

「お景を探すために似面絵《にづらえ》を作る。それを手伝ってもらいたいんだ。なにしろ、おれはお景の顔を知らないからな」

「早乙女様がお描きになるのですか？」

「おれは背中と恥しかかけない。絵師に描いてもらうんだ。ちょいと知り合いがいる。ついてきてくれ」

「ちょっと、お待ちを。その前にわたしの家に寄ってよいでしょうか、すぐにすみますから」

「ああ、かまわぬよ」

佐吉の家は富沢町にあった。店から近いので便利な住まいに思われたが、暗い四畳半一間の長屋の家に入り、行灯に火が入れられたとたん、十内は目をしばたたいた。

狭い家には家具や調度がそれなりに揃ってはいるが、所狭しといろんなものが置いてある。いったいどこで寝起きするのだろうかと思わずにはいられなかった。

「それはなんだ？」

十内は佐吉が風呂敷にひとまとめにしているものを見て訊ねた。

「蠟燭《ろうそく》の芯《しん》巻きをしているんです。団扇《うちわ》張りもやっております。そうでもしなければ、兄妹で暮らしていくのはままなりません。わたしの給金はまだ安いですし、妹もあまり稼ぎがありませんから……」

佐吉は一抱えの風呂敷を結びながら答えた。

「親はずいぶん前に亡くなったんだったな」

「はい、わたしが十四、お景が十歳のときでした。お景がはたらきに出られるようになるまでずっとやっていた仕事ですから、いまはお手のものです。わずかな稼ぎですが、お景には不自由させたくありませんから……」

十内は感心するしかない。だが、お景の裏の顔を佐吉は知らないのだろうかと訝しく思うが、おそらく気づいていないはずだ。佐吉はひたすらお景のために身を粉《こ》にしてはたらいているのである。

「では、これを預けたら用は終わりです」

佐吉は木戸番の番太に風呂敷を預けた。「頼みますよ」といえば、番太も心得ているらしく、「あいよ」といって受け取った。

「若いのに、おまえは苦労人だ」

十内はつくづく感心しながらいうが、

「苦労なんて思ってはおりません。わたしはお景の親代わりですから、あの子が立派に嫁入りするまでは、きちんと面倒を見なければならないんです」

と、佐吉はさらりという。そのものいいには嫌みがなく、すがすがしいほどだ。

十内はこの男のことはなんとかしてやらなければならないと、心の底から思った。

似面絵を描いてもらうのは、お夕が世話になっている絵師の狩野祐斎であった。難波町《なにわちょう》に住まいはあった。浜町堀に架かる小川橋の近くだと、お夕から聞いていたので、木戸番小屋の番太に訊ねると、「あの先生でしたら」といって親切に教えてくれた。近所では有名人のようだ。

「やあ、そのほうが早乙女十内殿であったか。いやいや、噂《うわさ》はかねてよりお夕からあれこれ聞いておったのだ。遠慮するような家ではないので、さっさとおあがりなさい」

祐斎は真っ白な頭を総髪にしていた。酒を飲んでいたらしく、顔を火照《ほて》らしていたが、もともと赤ら顔のようだ。

「それで、誰の絵を描《か》けばいいんだ。まさか、そこにいる若造の顔を描けというんじゃないだろうな」

祐斎は遠慮のないことをいって、佐吉を見る。

「この男の妹の似面絵です」

そこらじゅうに描き散らされている画仙紙に見とれていた十内は、祐斎に顔を向けた。

「似面絵……それはまた異な注文であるな」

「詳しいことは面倒なので省きますが、この佐吉の妹が行方知れずとなったので、探すためです」

「ほう、行方知れずと。ふむ、まあ詳しいことを聞いても面倒なので、さて、どうする」

祐斎は瓢簞徳利《ひょうたんどっくり》をつかんで、どぼどぼと大きなぐい呑みに注《つ》ぐ。その間、十内は散らばっている画仙紙を盗み見る。どれもこれも枕絵だ。なんとも目をそむけたくなるが、そむけられないのがその類《たぐい》の絵である。十内はそんな絵のなかにお夕が描かれているのではないかと心配になったが、それらしきものはなかった。わずかに安堵《あんど》する。

「それで、その妹がいないとなれば、佐吉といったな。おまえさんが妹の顔の造作を話すというわけだ。それをわたしが描いていけばよいというわけだ」

「さようで」

十内は答えて、早速はじめてくれとせっつく。

「いわれなくともさっさと描くところだ。そなたは仕事の邪魔になるから黙っておれ」

口の悪い絵師だと思うが、十内は口を引き結んで、また枕絵に目を移した。佐吉がお景の目がどうの、顔の形がどうのといっている。祐斎は、ほうなかなかの美人なのだなと、興味ありそうなことをいって、眉はどうだと訊ねる。

そんなやり取りをしながら、一枚の絵が小半刻ほどで出来あがった。

「どうだ似ておるか？　似ておらぬなら、どこをどう変えればいい」

祐斎は佐吉に訊ねるが、佐吉は出来上がった絵をためつすがめつ見て、

「……そっくりでございます」

と、驚いた顔をした。

十内はその絵を見て、目をみはった。その似面絵にそっくりなら、お景はかなりの器量よしだ。祐斎は興味を持ったらしく、体つきはどうだ、背はいかほどある、肉づきはよいほうかなどと、余計なことまで聞いた。

「これで、少しは探しやすくなった」

祐斎の家を出てから十内はいった。

(それにしても、吹っかけられた)

と、胸の内でぼやく。似面絵一枚なのに、一分も要求されたのだ。断るのは恥だから、すんなり払ってやったが、佐吉がそのやり取りを見て至極恐縮したので、

「これも、お景探しのお代に入っているから心配するな」

と、安心させておいた。

「飯でも食っていくか？　もう遅い。これから帰って支度するのは大変だろう。なに、金のことは心配いらぬ。おれの奢《おご》りだ」

「しかし……」

「遠慮せず食って行こう」

十内が誘って歩きだしたときだった。前方の栄橋《さかえばし》から一頭の馬が現れ、つづいて大慌てしている男たちがいた。ワアワアと騒いでいるが、そのうしろから抜き身の刀を持った侍たちが走り出てきて、馬を止めようとしている男に斬りかかった。

夜の闇が濃くなっているので、斬られたかどうかわからなかったが、数人の侍たちは白刃を閃《ひらめ》かせて、怒声を発していた。

「斬り合いか……」

そうつぶやいた十内は、腰の刀に手をやると、すたすたと駆けだした。

第三章　伏見屋

一

　馬は前脚をあげて激しく嘶《いなな》き、取り押さえようとする男をいやがるように首を振り、大きな体を左へ右へと向ける。それでも手綱《たづな》をつかまれると、暴れるのをやめ、蹄《ひづめ》の音をさせて足踏みした。興奮しているのか鼻息が荒い。

「どぉどぉどぉ……」

　手綱をつかんだ男――身なりからすると馬子《まご》のようだ――が、背中や腹をなだめるようになでると、馬はどうにか落ち着きを取り戻しつつあった。しかし、騒ぎは終わったわけではない。

　馬子といっしょに暴れ馬を追いかけてきた二人の男が、さらにあとからやってきた侍たちに脅されているのだ。一人は地面に尻餅《しりもち》をついていたが、斬られてはいなかった。

「やい、きさまら。無礼をはたらきおって、斬り捨ててくれる」

抜き身の刀を持った侍は、怒り心頭に発しているらしく、鬼の形相《ぎょうそう》で馬子と二人の男をにらみつけた。尻餅をついている男も、商家の壁に背中を張りつけている男も人足のなりだ。騒ぎを知った近所の者たちが、野次馬となって集まりはじめていた。

「ご勘弁を、どうかご勘弁を……こ、このとおり謝ります」

尻餅をついていた人足は土下座をして必死に命乞《いのちご》いをする。

「馬がおれたちを突き飛ばしたのは、おぬしらがだらしないからだ。しかも大事な着物を汚されては黙ってはおれぬ」

別の小太りの侍が進み出て刀を抜いた。

「おう、武士の往来を邪魔するとは不届き千万。成敗してくれる」

これはまた別の侍だった。

馬子と二人の人足は必死に救いを求めて謝るが、三人の侍の怒りは静まらない。

覚悟しやがれと、小太りが土下座している人足の首を刎《は》ねようと、刀を振りあげた。

「待て待て、いったいなんの騒ぎだ」

小太りの侍の前に立ったのは十内だった。

「やい、そこをどけ。邪魔立てすると、きさまも容赦せぬぞ」

小太りは八相に構えなおして、十内を威嚇《いかく》した。

「往来での刃傷沙汰《にんじょうざた》を見て、知らぬふりはできぬ。刀を納めろ。みっともない。ほら、町の者たちも驚いている。この者たちは謝っているのだ。許してやったらどうだ」

そうだ、そうだとか、許してやれという声が野次馬のなかから飛んできた。三人の侍は、その野次馬もひとにらみして威嚇する。

「とにかくわけを聞こう」

十内は暴れ馬をようやくおとなしくさせた馬子に訊ねた。

「あっしらは須田金八郎様のお屋敷に荷を届けて帰るところだったんでございますが、突然横町から出てきた子供に馬が驚いて、あっしらを振り払って逃げたんでございます。そのとき、こちらのお侍様たちが前をお歩きになっておられまして……」

「おれは馬にはね飛ばされそうになったのだ」

小太りは眉を吊りあげていう。

「なんだ、つまらぬ。この者たちも馬も咎め立てはできぬではないか。これこのとおり謝っているんだ。子供みたいに腹を立てることはなかろう。許してやれ」

「おい、きさま。いまなんといった。子供みたいだとぬかしたな」

背の高い侍だった。

「言葉のあやだ。そうとんがった顔をすることはなかろう」

「なにを……。きさま、見たところその辺を与太《よた》っている浪人のようだが、身共らは小諸《こもろ》藩牧野《まきの》家の家臣である。得体《えたい》の知れぬ浪人に侮辱されては黙っておれぬ」

侍たちの怒りの矛先は、人足たちから十内に向けられた。

「失礼があったら、おれも謝る。まあ、そう目くじらを立てずに穏やかに行こうじゃないか。牧野家のお殿様もお嘆きになるぞ」

十内はいいながら、馬子と人足たちに早く行けと目配せをした。その三人がすご

すごと離れてゆくと、

「きさま、馬鹿にしおって」

小太りの侍がいきなり吠《ほ》えて、撃ちかかってきた。

「おっと、危ねえ危ねえ。いきなり斬りかかってくるんじゃないよ」

十内は相手の太刀《たち》を下がってかわし、言葉をついだ。

「おれの言葉に失礼があったら謝る。おれはただ仲裁に入っただけではないか、どうにも気の短い御仁《ごじん》らだ。とにかく穏便《おんびん》に、穏便に頼むよ」

「ええい、口を開けば腹の立つことをいけしゃあしゃあとしゃべりやがる。身共らは馬にはね飛ばされそうになり、泥をはねつけられ着物を汚された挙げ句、どこの誰とも知れぬ浪人に小馬鹿にされては引っ込んではおれぬ」

怒り肩の侍が、眉を吊りあげて刀を青眼《せいがん》に構え、ジリジリと間合いを詰めてきた。

「馬鹿にはしておらぬ。刀を引け、引いてくれ。無礼があったら謝る」

「詫《わ》びなどいらぬ！」

怒鳴りつけるなり、相手が撃ちかかってきた。十内は体をはすに開いてかわしたが、ぐっと目を厳しくした。

「どうしてもやらなければ、腹立ちは収まらぬというわけか……」

そうつぶやくなり、さらりと腰の刀を引き抜いた十内は、左脇をあけた下段の構えを取った。右から小太りが迫ってくる。正面には背の高い侍。さらに左から背後にまわろうとしている怒り肩の侍。

雲に隠れていた月が、通りに影を作る。吹きわたる風が、浜町堀の柳の枝を揺らした。野次馬たちは息を呑んで成り行きを見守っている。

さっと、怒り肩が地を蹴《け》った。転瞬、十内は腰を落とし、右足を軸にして半回転しながら、刀を横に薙《な》ぎ払った。

どすっと音がして、怒り肩は地面に突っ伏したが、斬られてはいない。十内は刀の棟でたたいたのだ。その証拠に、怒り肩は腹を押さえて苦しがっている。

それを見た背の高い侍が十内の眉間《みけん》を狙《ねら》って斬りつけてきたが、十内は下からその斬撃《ざんげき》をすくいあげるようにはじき返し、鮮やかな手並みで刀を持ち替え、がら空《あ》きの鳩尾《みぞおち》に柄頭《つかがしら》を埋め込んだ。

「うぐっ……」

相手は大きく開けた口からべろを出して、膝からくずおれた。

「こやつ、よくも仲間を……」

小太りがすり足を使って間合いを詰めてきた。だが、月光を受けたその顔は蒼白《そうはく》に見えた。腰が引けていて、臆《おく》しているのがわかる。

十内はそこに根が生えたように両足を開いて、待ちかまえた。もうなにも言葉を発しない。なにをいっても無駄だとわかっている。小太りの剣先がすっと、持ちあがったかと思うと、そのまま鋭い突きを見舞ってきた。

十内は右足を引き、突きを迎えるように右肩を引いた。小太りの刀はその肩先をかすめただけだった。だが、その首筋に十内の刀が、ぴたりとつけられていた。

「どうする、このまま横に引けば、きさまの首は横にごろりと落ちる」

「……ううっ」

小太りのこめかみが痙攣《けいれん》し、顔中に脂汗《あぶらあせ》が浮かぶ。

「き、斬るな、斬らないでくれ」

声をふるわせて小太りが懇願した。

「これ以上の騒ぎはごめんだ。おとなしく帰れ」

十内はそういうなり、小太りを突き飛ばした。

二

「おいしゅうございました。どうもご馳走様《ちそうさま》です」

佐吉は食べ終わった茶碗の前にきちんと箸《はし》を揃えて、十内に頭を下げた。

豊島町の飯屋「栄」だった。店は五分の入りで、近所の職人や商家の奉公人たちが酒肴《しゅこう》を楽しんでいた。

「足りなかったら遠慮なくお代わりをしな」

「いえ、もう結構です」

佐吉は断ってから、ゆっくり酒を飲んでいる十内をあらためるように見つめた。

「どうした？　おれの顔になにかくっついているか？」

十内は鰯《いわし》の塩焼きをほじった。隣の皿には茗荷《みょうが》の天麩羅《てんぷら》がある。

「いえ、早乙女様はお強いのですね。さっきは胸のすく思いでした。あっという間に強そうなお侍を懲らしめられたのですから。わたしも剣術を習いたいと思うことがときどきありましたが、早乙女様はどちらで身につけられたのですか？」

「おぎゃあと生まれて気づいたときは、刀を持っていた。親からの押しつけもあったが、神道無念流《しんとうむねんりゅう》の道場に通っていたのだ」

「それじゃ免許持ちで……」

「まあ、そうだな」

十内は茗荷の天麩羅をつまんで、これはいけるとうなった。

「お景は見つかるでしょうか？　今夜にでもひょっこり戻ってきてくれればいいのですが……」

佐吉は顔を曇らせて、櫺子《れんじ》格子《ごうし》の向こうに目を向ける。その横顔はいかにも心配げである。

「戻っていればよいが、戻っていなくても、必ず見つける。だが、お景は若いわりにはしっかりしている女のようだ。あまり心配しないほうがよい」

「そうはおっしゃいますが、世間のことがまだよくわかっていない十六です。質の悪い人間に騙されていなければいいのですが……」

ふうと、佐吉は肩を落とす。そんな様子を見た十内は、

「ところで、お景に男はいなかったか？　惚れていた男とか、付き合っていた男と

いうことだが……」

と、聞いた。佐吉はきょとんとした顔になった。

「そんな話は聞いたこともありませんし、お景にはそんな素振りもありませんでした」

「四谷に旦那がいるとか、そんな話も……」

「なにかそういう噂でもあるんでしょうか？」

佐吉は信じられないというように、目をまるくした。お景の裏の顔は知らないのだ。また、お景も佐吉の前ではいい妹を演じつづけてきたのかもしれない。

「気になることを聞いただけだが、まちがいだろう。とにかく二、三日待て。似面絵も出来たし、六ツ川にお景を紹介した男のこともわかった」

「菊屋という酒屋の旦那さんですね」

佐吉はとうに知っていたようだ。知っていて当然だろうが、そんなことなら早く佐吉に聞いておけばよかったと、十内は思った。

「明日、菊屋に会って詳しく話を聞く。なにかわかるはずだ」

佐吉は十内をじっと見つめて、よろしくお願いいたしますと頭を下げた。十内はそれには目を向けず、店を出ていく客と入ってくる客を見た。孫助はまだやってこない。店の女将に聞いたところ、今日は顔を見せていないという。自分が頼んだことを調べているのだと思うが、呑兵衛《のんべえ》の孫助のことだから、別の店に引っかかっているのかもしれない。

「佐吉、おまえは明日も早いのだろう。おれは人を待っている。先に帰っていいぞ。ひょっとすると、お景が帰っているかもしれぬ」

十内は佐吉に目を戻していった。

「そうですね。それじゃわたしはお先に失礼いたしますが、くれぐれも妹のことよろしくお願いいたします」

「うむ」

帰っていく佐吉を黙って見送った十内は、銚子《ちょうし》をもう一本女将に持ってくるようにいいつけた。次第に客が少なくなっている。すっかり出来上がった職人の客が、下卑《げび》た笑い声をあげている。その客を厠《かわや》から帰ってきた仲間が、そろそろ引きあげようと誘っていた。

十内はそんな客のことなど気にせず、ゆっくり酒を飲みつづけた。茗荷の天麩羅もなくなり、鰯の塩焼きは骨だけになった。

お景探しは早く片づけなければならない。なにしろこっちの仕事は金にならない。かといって、ないがしろにはできない。苦労人で妹思いの佐吉を裏切れないし、またお景がどんな女なのか、その本性も知りたい。

噂どおりなら、自ら身を滅ぼしかねない危ない女である。もし、そうであるなら更生させたい。まだ十六歳なのだからやり直しはいくらでも利く。

祐斎に描いてもらったお景の似面絵を眺めた。瓜実顔《うりざねがお》にきりっとした眉、大きくも小さくもない目、鼻筋も通っているし、口の形もよい。色白だというから、化粧映えがするはずだ。黙っていても男が放っておかない女だといっていい。

それから小半刻ほど待ったが、孫助のやってくる気配はない。十内は今夜会うのはあきらめて引きあげようと思い、女将に勘定を頼んだそのとき、がらりと戸を引き開けて入ってきた客があった。

孫助だった。十内を認めると、顔をしわくちゃにしてそばにやってきた。

「先生、待っていたんですか?」

「そろそろ調べがついているんじゃないかと思ってな」

「へへ、まあなにもかもってわけじゃありませんが、大まかなことはわかりましたよ。その前に先生、あたしにも酒を……」

十内は酒をもらってやった。

「それでどうなっている？」

「信濃屋はつぶれたんじゃなくて、どうもつぶされたようなんです」

「つぶされた？」

「まだ、たしかなことはいえませんがね。信濃屋が左前になったのは、先代の周右衛門さんがぽっくり死んでからのことで、跡を継いだのはおしづという一人娘ですが、店の切りまわし方が悪かったようです。番頭の切り盛りでどうにかしのいでいたようですが、どういうわけか悪い噂を流されたり、いやがらせもあったと耳にしました」

「悪い噂に、いやがらせ……」

「へえ、先代のころは信濃屋の紅や白粉は他より安くて品物もしっかりしていると、そりゃあ評判だったようですが、店の景気が悪くなると、質が落ちて、白粉や紅で顔がただれただの、口が腫《は》れたなどとね。また、そんな客が腹立ちまぎれに、犬の糞を店に投げ込んだりしたって話です」

「ふむ……」

　十内は小さくうなって酒を舐めるように飲む。

「評判が落ちて、信用がなくなれば立ち行かなくなるのは当然ざんしょ。売り上げが少なくなりゃ、奉公人も満足に養えませんから、櫛の歯が欠けるように奉公人たちは出て行ったそうで……。おしづって女主は、番頭や手代と必死に立て直そうとしたそうですが、もうそのころは火の車だったらしいですから、やむなく店を畳むしかなかったということです」

「店がつぶれたのはひと月前だったな」

「そうです」

「それで番頭や手代は……手代の一人は殺されているが、他にもいただろう。おまえはそのことを誰に聞いてきた？」

「出入りの御用聞きと奉公していた女中です。先生、詳しい話が聞きたきゃ、番頭に会ったほうが手っ取り早いですよ」

「その番頭の居所はわかるのか？」

「霊岸島浜町の伊豆屋って醤油酢問屋で番頭をやっております」

「名は？」

「松兵衛というらしいです」

十内は壁に掛けてある燭台《しょくだい》の炎を見つめた。

三

新蔵は暗い牢内で、膝を抱えていた。高窓から蒼《あお》い月の光が射し込んでいる。大番屋は静かである。隣にも仮牢があるが、そこには誰も入っていない。

「くそッ、なんでこんな目にあわなきゃならないんだ」

声を漏らした新蔵は泣きたくなった。こんなことならずっと上方にいればよかった。おしづへの未練などとうに断ち切ったではないかと、奥歯を嚙んで、壁の一点を凝視する。

（いや、きっとおれはまだ未練があったのだ）

大坂を去るとき、真っ先に思ったのがおしづのことだった。変わった自分を見てほしかった。とうに所帯を持ち、他人の妻になっていても一目会いたいと思ったのだ。それでなくても、世話になった信濃屋には挨拶をしに行くのが礼儀であった。世話になった旦那に、後脚で砂をかけるように店を飛びだしたのだ。あのときの非礼は、謝らなければならないとずっと思っていた。

ところが江戸に戻ってくると、信濃屋はつぶれ、旦那もぽっくり死んでしまったと聞いた。近所の者におしづのことを聞くと、

「店にはいられないから、久右衛門の旦那が隠居住まいしていた家にいるはずだよ」

と、教えられた。

久右衛門とはおしづの祖父で、新蔵は奉公人時代、何度も使いに行っていたから当然知っていた。ところが、その家は大変なことになっていた。

まさか、おしづが殺されているとは思いもしなかった。それに手代の米吉まで殺されていたのだ。

(いったい、どうなっているんだ)

同じことを何度も繰り返し考える新蔵だが、回答が出てくるわけではない。それ

より早くここから出してもらいたいと切《せっ》に願うだけである。服部という同心は疑いが晴れればすぐに出してくれるといったくせに、何日も自分を留め置き、しまいにはまるで自分が下手人のようなことを口にする。

（おれじゃない。おれはやっていない）

壁の一点を凝視して胸の内でつぶやく新蔵は、にぎりしめた拳《こぶし》で、何度も自分の太股《ふともも》を打ちつけた。

（おしづ、おまえさんは知っているよな。おれがやっていないというのを知っているよな。助けてくれよ。おしづ……）

新蔵は高窓の向こうに見える夜空をあおいだ。明るい星が無数に散らばっていた。ちかちか光る星々を眺めていると、六年前江戸を去るときのことが脳裏に甦《よみがえ》った。

あのころ新蔵は、おしづにつぎからつぎへと舞い込んでくる縁談を忌《い》んでいた。そんな縁談断っちまえ、なんでそんな話が来るんだと、自棄《やけ》になっていた。さいわい、おしづはことごとく持ち込まれる縁談を断ってはいたが、新蔵は遅かれ早かれおしづは嫁いでしまうか、養子をもらうだろうと、半ばあきらめていた。

そもそも一介の奉公人が、勤め先の娘といっしょになれるはずがないのだと思ってもいた。それでも、新蔵はおしづに自分の気持ちを隠しておくことができなかった。

「お嬢さん、こんなことをわたしのような人間がいってはいけないというのはわかっていますが……」

「なあに？」

おしづは長い睫毛《まつげ》を動かして、訝しそうに見つめてきた。

あのとき、新蔵は「ああ、この目だ」と思った。ときどき、おしづは同じような目で新蔵を見ることがあった。それには恥じらいと同時に、なにかをいいたそうな躊躇《ため》いが感じられた。

おしづは新蔵を避けるように接するときがあるが、決して嫌われてはいないと思っていた。避けるような態度を取るのは、決まって番頭や手代、あるいは親がそばにいるときだった。それ以外のときは、おしづから声をかけてきたり、近づいてきたりした。

——新蔵さん、このご本読んだことある？

などといって、自分が読んだ本を貸してくれるときもあれば、

——縁日に行ってきたのよ。お煎餅《せんべい》買ってきたからみんなで食べて。

と、いってわたしてくれるときもあった。もっとも、それは自分だけにくれたのだと、新蔵にはわかっていた。

だから、店をやめ江戸を離れる間際に、新蔵は思い切って告白したのだった。

「お嬢さん、わたしは上方に行って修業してきます。この店で世話になった恩は忘れませんが、みんなわたしのことを商売には不向きだといいます。なぜ、そんなことをいわれるのか、わたしにはわかっています。依怙地《いこじ》だし、気が短いし、気に入らない客には愛想が悪い。そんなことはいけないとわかっているのですが、どうしてもそうなってしまうんです」

「わたしはそうは思わないわ。新蔵さんはまだ若いからしょうがないのよ」

「そういってもらえると気が楽になります」

「それで、なにをいいたいの？」

おしづはつつっと近づいてきて、新蔵をまじまじと見つめた。

「わたしはこの店に来たときから、お嬢さんに惚れていました」

いったとたん、新蔵は顔から火が出るほど赤くなったが、おしづも頬を火照らしていた。

「上方に行って一人前になって帰ってきたとき、お嬢さんがまだ一人だったら、いっしょになってくれませんか」

「………」

「もっとも何年かかるかわかりませんが、もし、もしわたしの気持ちを受けてもらえるなら、待っていてほしいんです」

おしづは恥ずかしそうな顔をして、ゆっくり背を向けた。

「わたしは十八よ。それに縁談話がたくさんあるし……。でも、何年待てばいいの？」

おしづはそういうと、くるっと体をまわして、また新蔵を見つめた。

「三年……いや四年かかるかもしれませんが……」

「四年……」

おしづはずいぶんがっかりした顔をした。四年後は、おしづは二十二になっている。当然、親が黙っているはずがない。

「無理なことをいっているのは承知しています。でも、わたしはきっとお嬢さんのことを忘れません」

「新蔵さん」

「はい」

「お店をやめるんでしょう。だったらおしづといってくださいな」

「はい」

「きっと一人前になって帰ってきてくださいね。新蔵さん、わたしを呼んで」

「はい」

「ちがいます」

「あ、はい。おしづ……」

そう呼んでやると、おしづはさも嬉しそうに微笑んだ。それから下駄音を立てて、離れて行き、くるっと振り返った。

「早く一人前になってくださいね」

そういったとき、おしづの目に光るものがあった。

カランと、廊下の奥で音がしたので、新蔵は我に返った。

（おしづは、おれを待っていてくれたのかもしれない）

考えをめぐらしているうちに、そうだったのではないかと思った。しかし、たとえそうだったとしても、もうおしづといっしょになることなどできないのだ。

これからは自分で商売を、それこそ裸一貫ではじめなければならない。それなのに、こんな牢屋に閉じ込められている。

「出してくれ、出してくれ……」

と小さくつぶやいてから、

「出してくれ！」

と、大声でわめいた。

すぐに足音がして、突棒《つくぼう》を持った番人が現れた。

「これ、静かにしろ！」

四

沙羅《さら》の木の青葉が茂っている。その木陰に置かれた水鉢の縁に止まっていた糸とんぼがすいっと、どこかへ飛んでいった。そのとんぼを目で追った十内は、菊屋太兵衛に顔を戻した。縁側ではじかれた日の光が、太兵衛の顔にあたっていた。日本橋通一丁目の北にある万町《よろずちょう》で、酒屋を営んでいる主である。

　この男がお景を六ツ川に紹介したのだった。太兵衛はそのことを認めはしたが、お景がどこへ消えたかというと、自分は身に覚えがないという。

「それじゃお景はいったいどこへ行ったんだろう」

　十内は太兵衛の福々しい顔を見ていう。顔の肉づきもよければ、体にもよく肉がついており太鼓腹だった。

「さあ、そんなことをわたしに聞かれましても、知らないものは知らないのでございますから……」

「そりゃそうだろうが、なにか心あたりぐらいあるのではないか」

　十内は冷めた茶を飲んで、煙草入れを取りだした。太兵衛は気を利かせて、背後の床の間から煙草盆を取って、前に置く。

「ふう、それにしても困りましたな。しかし早乙女様、こんなことはいいたくはありませんが、あのお景という女は、若いわりには隅に置けない女です」

「と、いうと……」

十内は火をつけていない煙管をくわえて、太兵衛を見る。

「六ツ川に紹介してくれといったのはお景ですが、いやわたしはあの娘に振りまわされそうになりました。可愛い顔をして、男の弱いところにするりと入ってくるんです。あの娘の狙いはつまるところ金なんです。わたしもずいぶん使わされました」

「どうやって……」

興味あることだった。

「そのなんと申しますか、まあここだけでの話だと思って聞いてください」

太兵衛がお景と知り合ったのは、両国の貸座敷屋「内田」でのことだった。太兵衛の店は内田に酒を卸させてもらっている手前、集まりや祝い事があると、義理立てをしてよく内田を使っていた。

そういうことがあるので、お景のことは当然知っていたが、ある日、集金を終えて帰るとき、お景が雨のなかを追いかけてきた。

「傘もささずにどうしたのだい?」

と、訊ねると、

「わたし、旦那さんに可愛がってほしい」

と、あけすけにいって身を寄せてくる。若い、それこそ自分の娘のような女にいわれて戸惑いはしたが、太兵衛も男であるから悪い気はしなかった。それに、身を寄せてきたお景は太兵衛の腕にすがりつくようにして、自分の胸のふくらみをあてがってくる。襟元をのぞくと、白くて形のいい乳房の一部が見える。

「可愛がれというが、どうしてもらいたいのだ」

「ときどき、おいしいものを食べさせていただくだけでいいんです。旦那さんのお話をたくさん聞きたいから」

太兵衛がその気になって、そんなことならお安い御用だといってやると、お景は指をからめてくる。

「約束よ。破っちゃいやよ」

それから暇を見つけては、お景を連れて明神下《みょうじんした》や浅草の料亭に連れて行った。簪《かんざし》や笄《こうがい》がほしいといわれれば、惜しまず買い与えてやった。料亭の小部屋で二人きりになると、太兵衛はお景に酌をさせて、きれいな手をにぎったり、八つ口から胸に手を差し入れた。お景はされるがままになっていたが、いざとなるとするりと逃げる。

　やきもきして押し倒し、わたしの妾にならないかと誘ったこともあるが、やはりお景はうまい口実を作って逃げる。

「まるで目の前に人参《にんじん》をぶら下げられた馬のような心持ちでしたよ。手の届くところにあって、届かないのがお景という女なのです」

　こういう話をするのは太兵衛だけでないから、十内は驚きはしないが、いったい兄の佐吉に、お景はどんな顔をしていたのだろうかと疑問に思う。

　太兵衛は話をつづけた。

「たしかにわたしはお景を六ツ川に紹介いたしました。もっと品のある一流店で仕事をしたいと申しますので、つてを頼って六ツ川に連れて行ったんでございます。正直に申しますと、わたしもよく知った内田より、あまり知らない六ツ川にいてもらったほうが、なにかと融通が利くだろうし、噂も立ちにくい。わたしのためにもお景のためにもいいのですから一石二鳥だと思ったのですが、思うようにいかないものです」

「つまりお景をものにできなかったというわけか……」

十内は煙管を弄びながら太兵衛の話をうながす。

「つづめていえばそういうことです。お景が六ツ川に移ると、早速わたしも足を運びました。はじめのうちはあの子も、よくついてくれましたが、そのうちわたしには見向きもしなくなりましてね。目をつけた客が来れば、さっさとそっちへ行ってしまい。そのうち相手もせず、そっぽです。ずいぶん現金な女だと腹を立てて、それからは六ツ川には足を向けないようにしていたんです」

結局、太兵衛から聞いたことは、お景への軽い恨みと悪口でしかなかった。だが、最後にこういった。

「お景のことなら、六ツ川で聞かれたほうがよくわかるのではありませんか」

十内は聞くだけのことは聞いているといったが、

「きっと奉公人のなかには、お景の真の顔を知っている人がいるはずですよ。隠し立てや誤魔化しがうまい女ですけど」

と、太兵衛は勧める。

ふむなるほどそうかもしれないと思う十内だが、あまり気が進まなかった。

たいした成果もなく、太兵衛の店を出ると、そのまま霊岸島浜町に向かった。今度はおしづと米吉を殺した下手人探しの聞き込みである。

(おれも忙しい男だ)

十内は内心でぼやきながら歩く。それにしても好天つづきである。八丁堀を抜けて、霊岸橋をわたる。夏の光をちらつかせる日本橋川を、荷舟や猪牙《ちょき》、筏舟《いかだぶね》が行き交っていた。

霊岸島浜町にある醬油酢問屋・伊豆屋を訪ねると、すぐに番頭の松兵衛のことを訊ねた。

「それでしたらわたしでございますが……」

声をかけた帳場の男がそうであった。

十内が信濃屋のおしづと米吉殺しの一件を話すと、それはすでに町方の服部洋之助に話しているといった。

「おれはその服部さんの助をしていてな。面倒だろうが、ちょいと暇を取れないか。なに、長居をするつもりはない」

松兵衛はそれならばといって、そばにいた別の番頭に仕事をまかせて、隣の客間にいざなった。

「信濃屋のことで小耳に挟んだことがあるんだ。じつは信濃屋がつぶれたのは、人のせいだったのではないかと……。もし、そうだったらおぬしは番頭をやっていた手前心あたりがあるのではないか」

十内が客間に座るなりそういうと、松兵衛は驚いたように目を見開いた。

「それをどこでお聞きになりそうになりました。いや、服部の旦那さんにそのことを話すべきかどうか迷っていたのですが、その前にお帰りになりまして、話しそびれていたんです」

十内は眉宇をひそめて、身を乗りだすようにした。

「ひょっとすると、商売敵《がたき》にはめられたというんじゃないだろうな」

「そうかもしれないのです」

松兵衛は売り上げが悪くなったのは、決して商品の質が落ちたからではないと力を込めていい、悪評を立てられたのも他人の意図が感じられたといってつづける。

「ひどいいやがらせも、仕組まれていたような……いえ、おそらくそうだったのではないかと、いまになって思うんです」

「なぜ、そう思う?」

「先代の旦那がお亡くなりになり、おしづさんが店を継がれましたが、それで屋台骨が倒れるような商売はしておりませんでした。決して、お嬢さん、いえ、おかみさんのせいではないんです。すべてはいやな噂といやがらせがはじまってからのことですが、あのときは店の誰もが、裏で糸を引いている者がいる。きっとこの店に悪意を持った人間の仕業だといっていました。それが誰であるかわかりませんでしたが、いまになって思うと、いえこれはわたしの口から出たといわれては困るのですが……」

松兵衛は痩せた体を前に倒して、声をひそめた。

「かまえて他言はせぬ。約束するから教えてくれ」

「……ひょっとすると、伏見屋さんではないかと思うんです」

「伏見屋というと、信濃屋のあとに店を出した高利貸か……」

「なんの証拠もありませんから、そうだとはいい切れませんが、先代の旦那さんの急死にも不審なところがありました。昨日まで元気だった人が、急にぽっくり逝かれたんです。河豚《ふぐ》にあたったということでしたが……旦那さんの死も、仕組まれていたのではないかと、そんなことをいまになって思うんでございます」

「なぜ、そう思う？」

「先日でしたが、伏見屋に出入りしているご浪人を見かけたんでございます。そのご浪人は一度、信濃屋に苦情をいってきた人でした。難癖とも取れることをまくし立てられ、ずいぶん往生《おうじょう》したので見まちがうことはありません。それにおかみさんも、伏見屋の計略だったのではないかと、ちらりと口にされたことがありまして……」

「それはいつのことだ？」

「おかみさんがおっしゃったのは、店がつぶれたあとのことです。あのときは、すぐに伏見屋さんがあとに入られたので、そんなことを口にされるのだと思い、めったなことはいうもんじゃありませんと、たしなめたことがありました」

十内は唐紙に描かれている鶴を凝視した。もし、伏見屋の陰謀なら、おしづはそれを暴《あば》こうとしていたのか。それに気づいた伏見屋が邪魔だと思って、おしづと米吉を殺した。そんな構図が十内の頭に描かれた。

「松兵衛、おぬしが見たという浪人だが、どんな男だ？　伏見屋に出入りしているといった男のことだ」

「年のころは三十ぐらいでしょうか。背は早乙女様より三寸ほど低うございます。右の目尻の上に米粒ほどの黒子《ほくろ》がありますから、見ればすぐにわかります。てまえどもには桂木清兵衛《かつらぎせいべえ》と名乗っていました」

「桂木清兵衛……」

十内はつぶやいて、桂木の人相を頭に刻みつけた。

「もうひとつ聞くが、おしづは米吉のほかに手代を使っていたはずだ。その者のことを教えてくれないか」

「手代は三人おりました。おかみさんが頼りにされていたのは、殺された米吉と、もう一人、次郎太というのがおります。いまは通四丁目にあります長崎屋という紅問屋で手代をやっております」

「長崎屋だな」

「さようで……」

十内は手間を取らせたことを詫びて表に出た。

お景のことはともかく、おしづと米吉殺しの真相に、少し近づいている感触があった。

「おし」

ぽんと赤帯をたたいて気合を入れた十内は、湊橋《みなとばし》をわたり小網町に足を向けた。今日は聞き込みに徹する腹だった。

「早乙女さん、早乙女さん」

声をかけられたのは、小網町三丁目から二丁目に入ったところだった。

五

野袴《のばかま》に脚絆《きゃはん》、袖無しの羽織姿で手を振っているのは由梨だった。軽業《かるわざ》で身を立てているので、家にいないときはいつもそんな恰好をしている。

「なんだこんなところで、仕事はどうした？」

「仕事はちゃんとやっていますよ。玉簾《たますだれ》が壊れたので直しに来たの。それより、早乙女さんこそどうしてこんなところにいるの？」

由梨はきらきらと澄んだ瞳を向けてくる。

「仕事に決まってるだろう。おれは霞《かすみ》を食って生きてるんじゃない」

「そんなのわかっているわよ。ねえ、少し休んでいったら。それとも急いでいるの」

袖を引かれるといやといえない。十内は由梨といっしょに近くの茶店の床几に腰掛けて茶を飲んだ。

「日に日に暑くなってくるわね。あたしなんか、仕事終わったときはもう汗びっしょりよ。冷や水が恋しいわ」

由梨は勝手にしゃべる。十内は半分聞き流して、おしづやお景のことを考えていたが、ふと頭に閃くものがあった。

「由梨、性悪な女がいたとする」

「うんうん、それがどうかしたの?」

由梨は猫のように目をみはって見てくる。

「佐吉の妹・お景のことだがな。どうもあまりいい噂を聞かないのだ。その噂がほんとうかそうでないか見極めがつかぬ。いや、それはそれでいいのだが、お景は六ツ川という料亭に勤めていた。その六ツ川で、お景のことを一番知っているのは誰だと思う？」

「なに、それ？　なぞなぞ……」

「なぞなぞでもとんちでもない大真面目に聞いているんだ」

ふうんと、由梨は気のない返事をして、足をぶらぶらさせる。それから急に真顔になって、十内を見た。

「早乙女さんがなにを知りたいのかよくわからないけど、お景ちゃんのことをよく知っているのは仲のよいお友達が一番でしょう」

「そうであろうな」

「でも、もっと知っている人がいるかもしれない。それは、お景ちゃんと肌の合わなかった仲の悪い友達ってこともあるわね。仲が悪いんだから友達とはいえないか……」

「ふむ」

「だってそうでしょう。気に入らない人のことは、なにかと目につくものよ。そんなことってよくあるじゃない」

十内は驚いたように由梨を見た。それから目をしばたたき、

「おまえ、いいことをいう。たしかにそんなことはある。おお、由梨、おまえに会えてよかった。いや、よいことを聞いた。おまえのことがますます気に入ったぞ」

といってやると、

「うふふふ、お世辞でも嬉しいわ。でもお夕ちゃんのことも放っておけないのが早乙女さんだからな」

お夕は嬉しそうに首をすくめたあとで、少し拗《す》ねた顔もする。

「おまえもお夕も、二人ともおれは可愛いのだ。さ、仕事に戻らなきゃ。お、そうだおまえ、なにかうまいものでも食って帰れ」

十内は心付けを由梨にわたして、さっさと茶店を離れた。

(そうか、仲の悪い女にお景のことを聞くというのは一理ある。あの小娘もなかなかいいことをいう)

十内は由梨に感心しながら歩き、おしづが住んでいた（殺されていた）家の前にやってきた。小さな一軒家だ。家人はいないから、当然、戸も雨戸も閉め切ってある。戸口には「貸家」という貼り紙もあった。

十内は洋之助から聞いたことを頭のなかで思いだした。おしづと米吉が殺されたと思われる夜から朝にかけて、下手人らしきあやしげな人物は目撃されていない。

そのことはわかっているが、十内は別のことを考えていた。

おしづは米吉を待っていたのかどうかということである。また、おしづはいつから家にいたのか、あるいはいつ外から帰ってきたかということも気になる。当然、いつ米吉が訪ねてきたかということも考えなければならない。

見当違いの考えかもしれないが、いったんこうと思ったらたしかめずにはいられない。十内は隣近所に声をかけて、そのことを聞いていった。

わかったのは、二人が殺されて見つかった前日、おしづはほとんど家にいたということであった。出かけても近所の煎茶屋や青物屋ぐらいで、会えば普段と変わらない挨拶を交わしていたという。

一方の米吉のほうだが、昼間は見られていないが、見かけたという者が一人いた。近所に住まう畳職人だった。

「いやね、こんなことというと嬶《かかあ》に怒られちまいますが、あっしはおしづさんに気がありましたから、ちょいちょいあの家を気にしていたんですよ。米吉という男がちょくちょく訪ねてきていたんで、こりゃあやしい仲じゃねえかと思ったことはありますが、どうもそんなふうでもないし、おしづさんにそのことを聞くと噴き出すように笑い飛ばされましてね。あ、いや、あの晩はあっしがちょいとそこで引っかけて帰ってきたとき見ましたよ」

「いつごろだ？」

「木戸の閉まる前でしたから、五つ半（午後九時）ごろだったんじゃないでしょうか」

すると、五つ半にはまだ二人は生きていたことになる。下手人はそのあと、訪ねてきたというわけだ。

「そのあとで、誰か訪ねてきた者を見なかったか？」

「いや、それはありません。あっしは家に帰ると、そのままひっくり返って朝まで寝てましたから……」

十内は五つ半以降に、おしづの家を訪ねた者がいないか聞いていったが、不審な者を見たという人間はいなかった。また、五つ半以降に米吉を見たという者もいなかった。

つまり、おしづと米吉は五つ半以降に殺されたということだ。わかったことはそれだけであった。

（やはり無駄骨だったか）

小網町を引きあげる十内は、軽い徒労感を覚えていた。

しかし、つぎに会った男の証言で、十内はやる気を取り戻した。

六

それは、元信濃屋の手代で、いまは通四丁目の紅問屋「長崎屋」に勤めている次郎太の話だった。ちんまりした目の三日月顔だが、商人らしく腰の低い男だった。

「米吉さんには、殺される二、三日前に会ったんですが、そのとき妙なことをいわれたんです。いえ、あとになっていろいろ考えているうちに、心に引っかかるものがあったんで思い出したんです」

次郎太はすでに洋之助の聞き込みを受けていたが、そのときは驚きと衝撃でたいしたことは話せなかったと付け足した。

「そんなことは気にしなくていい。それでなにを思い出したという」

十内は次郎太に近づくように、腰掛けている上がり框を動いた。会っているのは帳場奥にある土間の上がり框だった。

「米吉さんはおかみさんと、なんとか店を再興させようとお考えでした。わたしも新しく店を出せたら、戻ってきてくれないかという誘いを受けておりまして、そのときに出た話ですけど、ある店の帳簿を手に入れたんだとおっしゃいました」

「帳簿……」

「はい、どこの店の帳簿かは聞きませんでしたが、別れ際に、米吉さんが、これで意趣が返せるかもしれないと、ぽつんとおっしゃったんです」

「意趣を返す……」

鸚鵡返しにつぶやいた十内は、じっと次郎太の顔を見た。

「なんのことかと、それをあれこれ考えたんですが、やはりひとつしかありません」

「なんだ?」

「大きな声ではいえませんが、信濃屋がああなったのは、おかみさんや番頭さんの切り盛りが悪かったわけではないのです。仕組まれてつぶされたんだと思います」

信濃屋の元番頭・松兵衛も同じようなことをいった。

「誰がそんなことを仕組んだという？」

「それは……」

「いいからいえ。おれは誰にも口外せぬ。ひょっとして伏見屋か……」

次郎太はおそるおそるといった体で、認めるようにうなずいた。すると、米吉は伏見屋の帳簿を手に入れたのかもしれない。それがために殺されたのか。

十内は壁の一点を凝視した。もし、自分の推量があたっていれば、伏見屋を調べなければならない。いや、松兵衛のいったことも、これで真実味を帯びてきた。

松兵衛は信濃屋に難癖とも取れる苦情をいってきた浪人を見たといった。その男は伏見屋に出入りしているとも。さらに、おしづも店がつぶれたのは伏見屋の計略だったのではないかと、松兵衛に漏らしている。

伏見屋はあやしい。だが、まだこれといった証拠はないので、とりあえず孫助に探らせようと思った。

「ところで信濃屋にいた新蔵のことは知っているか？」

十内は話を変えた。

「へえ、よく存じております。なんでも上方から帰ってきて、おかみさんと米吉さんの死体を見つけたのが新蔵さんだったと聞いています」

「そうだ。その新蔵だが、おしづとはどういう間柄だったか知っているか？」

「どうって……男と女の、ということでしたらちがいます。でも、わたしはおかみさんがなぜ、いつも縁談を断られていたのか知っています」

「なぜなんだ？」

「おかみさんは新蔵さんの帰りを待たれていたんです。新蔵さんがおかみさんにホの字だったのは誰もが知っていましたが、じつはおかみさんも新蔵さんのことを思っていらしたんです」

「それはほんとうのことだな」

「嘘ではありません。もちろん、おかみさんに訊ねたわけではありませんが、わたしにはわかっておりました」

男女の機微は難しいが、わかる人間にはわかる。次郎太の話は嘘ではないだろう。すると、新蔵がおしづを殺すなんてことは考えられない。たとえ、米吉といい仲であったとしても、おしづを殺しはしないだろう。それに殺しはきれいだった。もし二人の仲をやっかみ、激情に駆られたうえでの殺しだったなら、もっと家のなかは乱れていたはずだし、二人には抵抗の跡がなければならない。

洋之助から聞いたかぎり、そんなことはなかった。下手人は殺しに慣れている人間のはずだ。そう思う十内は、きらりと目を光らせた。

長崎屋を出た十内はそのまままっすぐ、豊島町の飯屋「栄」に足を運び、孫助に会った。

「伏見屋というと、信濃屋のあとに店開きした高利貸ですか」

孫助は馬面のなかにある鼻をまっ赤にしていた。いつものことだが、息も酒臭い。

「そうだ。信濃屋のことはもういい。伏見屋の主が誰で、どんな奉公人がいるか、さしずめそれだけ探ってくれ」

「そんなことならお安い御用です」

「あまり飲みすぎるな。ここはおれが払っておく」

「へへ、いつも申しわけありません。これだから先生には足を向けて寝られねえんですよ。へへへッ……」

十内は忙しい。孫助の飲み代を払って店を出ると、今度は六ツ川に向かった。お景探しも怠ることができないし、由梨からいいことを聞いていた。

六ツ川にはすでに奉公人らが出勤しており、開店の支度に追われていた。十内は仲居頭のお蔦をつかまえると、お景と反《そ》りの合わない女がいなかったかどうかを訊ねた。

「……だったら、お鶴です。呼んであげましょう」

お蔦は少し考えてから、お鶴を呼んでくれた。名前に似て、鶴のように痩せぎすの女だった。人を見る目にも剣がある。膳部の上げ下げだけの仲居仕事は務まるかもしれないが、酌婦には不向きだろう。しかし、受け答えはしっかり躾《しつけ》られているらしく、物腰も言葉つきもしっかりしていた。

「遠慮することはない。肌の合わない者は、誰にでもいるものだ」

「でも、話せば悪口ばかりになってしまいます」

「かまわぬ。お景のどこがどう気に食わなかった?」

お鶴は怒りませんかと、十内を上目遣《うわめづか》いに見る。

「怒りはせぬ。これもお景を探すためなのだ。頼むから話してくれ」

「愛想がよすぎるところが嫌いでした。それも誰彼もというのではなく、見た目のいい人やちょっと声をかけてくれる人にです。相手も愛想よくされると嬉しいらしくて、気安くなります。するとあの子はすぐに媚びた態度をして、相手の気を惹《ひ》こうとするんです。まったくいやらしいったりゃありません」

「決めた男がいたとか……」

「何人かのお客さんがいたようです。まったく仲居なのに、酌をしてまわったりと……。いらないことはしなくていいのよというと、お客さんには決して見せない、とんがった顔をして、旦那さんも女将さんもなにもいいませんからと、生意気をいうんです」

お鶴は相当お景のことが嫌いのようだ。

「それでお景がこれだと思っている客がいたのではないか？」

「多分、伊勢屋《いせや》の若旦那です。こっそり手をにぎりあっているのを何度か見たことがあります」

「伊勢屋……」

「神田相生町《あいおいちょう》の太物屋《ふとものや》さんです。あの晩も若旦那を見送っておりました」

若旦那の名は金兵衛《きんべえ》といった。

十内はそのまま神田相生町の伊勢屋に向かった。伊勢屋は綿・麻を売り物にしている太物屋だが、店構えは想像していた以上に立派だった。なにより間口が広い。おそらく十四、五間はあるだろう。屋根看板も立派で老舗《しにせ》の風格があった。

金兵衛は見た目のよいやさ男だった。いかにも女にもてそうな顔立ちであるし、年も若い。おそらく二十三、四と思われた。十六のお景が気に入っても不思議ではない。

金兵衛は派手ななりをしている十内を客と思ったらしく、帳場脇の商談用の小部屋に案内した。それでなにかお探しでと、聞いてくる。

「いや、おれは客ではない。六ツ川のお景のことで聞きたいことがあるだけだ」

急に金兵衛は商売用の笑みを引っ込め、

「いなくなったそうですね」

という。

「そのことで訊ねたいのだが、おまえはお景がいなくなった晩にも、六ツ川に行っていたそうだな」

「はい。行っておりましたが……」

「お景は四谷の旦那のところに、近いうちに行くようなことを口にしているが、なにか気づくことはないか」

「それでしたら、わたしのことだと思います。わたしは四谷に新しく店を出そうと考えておりまして、お景によかったら来てくれないかといっておりましたから」

（こいつのことだったのか）

そう思う十内は、お鶴に会ってよかったと思った。もっとも由梨の助言があったればこそであるが。

「あの晩、お景に見送ってもらったようだが、そのあとのことはわからぬか」

「それはまったく与り知らないことでございますが、帰り道にお景のことを訊ねられた方がいます。お景に会いたいが、店はもう終わりだろうかと聞かれたんで、そろそろ客は引けていますからねと申しました」

「それは知り合いか？」

「いえ、一度だけ六ツ川で会った人です。偶然隣の席にいらっしゃいまして、短い世間話をしたことがあります。めったに見える客ではありませんが……」

「その客は何もんだ？」

「日本橋の伏見屋さんとおっしゃっていました。なにを商っているかまでは聞きませんでしたが……」

十内は表情をかたくした。ここでも伏見屋が出てきた。

第四章　孫助

一

座敷の向こうに広縁《ひろえん》があり、さらにその先には枯山水ふうの庭があった。枝振りのよい松の青葉が、明るい日射しを受けている。空には雲ひとつなく、はるか彼方《かなた》まで青々と広がっている。

青畳の座敷でなにをするでもなくくつろいでいるお景は、ぼんやりとした目を青空に向けていた。風が吹き込んできて、後《おく》れ毛《げ》を揺らした。ここがどこにある屋敷なのか、お景は知らされていなかった。ただ、江戸の郊外だろうと、漠然と思っているだけだ。

ふうっと、息を吐き、座敷に視線をめぐらせる。花鳥風月の描かれた襖、隣の部屋を隔てるその襖の上には、凝った彫り物がある。

柱にかけられた一輪挿しに、白い木槿《むくげ》が投げ入れられている。お景が暇つぶしに庭で手折《たお》ってきたのだった。お景は壁にもたれて、両脚を投げだした。

（世の中には、こんなに贅沢三昧《ぜいたくざんまい》のできる金持ちがいるのに……）

何度も思っていることを、胸の内でつぶやき、宙の一点を見据えた。でも、男たちのいいなりにはならないと、唇を引き締め、目を厳しくした。ほんとうは泣きたい気分だった。兄の佐吉のことも心配だ。兄さんのことだから、毎日眠れない夜を過ごしているのではないかと、それだけは気がかりだった。

片隅に衣桁《いこう》があり、裾《すそ》に艶《あで》やかな花が染め抜かれた着物が掛けてあった。これまで着たこともない高価な絹織物だ。帯の柄もそれに合わせてある。

お景は何度も羽織ってみたが、なぜか嬉しいとは思わなかった。男たちは、こんな着物を毎日着られるのだという。

「ふん」

鼻を鳴らしたお景は、駄々をこねるように踵《かかと》で畳を蹴った。

「いやだ、いやだ……」

声に出していうと、目に涙がにじんだ。瓜実顔が崩れて、大粒の涙が頬をつたった。そのとき人の足音がした。お景はさっと足を引き、身構えた。

縁側に現れたのは、芦野《あしの》伴《ばん》右衛《え》門《もん》という男だった。じっと、お景を見つめて、静かにそばにやってきて腰をおろした。お景はにらむように見る。大きな福耳と同じように、唇の分厚い男だった。それに鉤鼻だ。

「決心はついたか？」

伴右衛門は同じことを聞いた。お景は黙っていた。

「いつまでもここにいるわけにはまいらぬだろう。おまえにはちゃんとした役目を与えられるんだ」

「帰してください。ほんとに帰してください」

お景は泣きそうな顔になり、湿った声を漏らした。少しでも相手の心を揺さぶり、同情させなければならなかった。

「……帰りたいだろうが、それはできぬのだ。おまえは金に不自由しない、いい暮らしがしたいと思っていたのではないか。だから、その望みを叶《かな》えてやろうといっておるのだ。ここに至ってしぶることはなかろう。おまえの本性はとうにお見通しだ」

伴右衛門は口辺に、にやりとした笑みを刻んだ。目も笑っているようだが、そのじつ冷たい光があった。

「勝手に連れてきたくせに。わたしを騙そうとしているのはわかっているんです」

「おまえのことを思ってのことだ。幸せになりたくないのか」

「体を売るつもりなどありません。でも……」

お景は膝をすって伴右衛門に近づき、掌を伴右衛門の膝に置いた。伴右衛門はすうっと、自分の膝に視線を向けた。お景はさらに伴右衛門の手に自分のを重ねた。

「芦野様、ここだけの話です。わたしを帰してくれたら……」

お景は自分の顔を伴右衛門の片頰にくっつくぐらいに寄せ、甘える声でつづけた。

「わたし、芦野様のお妾になってもいい。わたし、一生懸命芦野様に尽くします。なんでもします」

「ふん」

と、伴右衛門は嘲笑《ちょうしょう》するように鼻で笑った。

「見えすいた芝居を打つんじゃない」

お景は、はっと表情をかたくした。これまで、たいがいの男は甘えてやると、自分に心をなびかせた。伴右衛門も、しょせんは男だから、いずれは自分になびいてくると思っていたが、どうやらちがうようだ。

「ここに連れてきた以上、おまえをすぐに帰すわけにはいかぬのだ」

「いや、帰して！」

お景は叫ぶような声を発して、さっと伴右衛門から離れた。

「人攫《ひとさら》い！　わたしには兄さんがいるのよ。兄さんに会いたい。女郎になんてなりたくない。帰して、帰して、帰して……」

お景は涙ぐんで必死に訴えたが、伴右衛門は一切動じる様子がない。

「おまえに百両渡す」

お景は目をみはって黙り込んだ。

「百……両……」

あまりのことに、言葉を切ってつぶやいた。

「そうだ。百両渡す。大金だ。それだけの金があればなんでもできる。おまえの兄御にも楽をさせられる。さらに、おまえはもっと金を稼ぐことができる」

「…………」

お景は考えた。納得しそうになっている。でも、それは危険なことだと思う。一度首を縦に振ったら、二度と抜けられない世界にはまりこむのだということが、薄々わかっていた。現に自分はこの豪壮な屋敷の、一部屋に閉じ込められている。逃げようとしても廊下にも庭にも、襖の向こうにも見張りが控えているのだった。

「いかがする?」

聞かれたが、お景はすぐに返事をしなかった。

「一晩考えさせてください」

しばらくして答えたお景を、伴右衛門は冷え冷えとした目で見つめ、

「……よかろう。明日の朝、返事を聞くこととする」

と、いって立ち上がった。だが、お景はすぐに呼び止めた。伴右衛門が無表情な顔を向けてきた。

「もし、断ったらどうします?」

「そのときは……」

「……なんです?」

「生きては帰れぬということだ。つまるところ、おまえはわたしの指図《さしず》にしたがわなければ、そうなるだけだ。生きて楽をするか、短い一生をあっさり終えるか、選ぶ道は二つにひとつしかないということだ」

お景は凍りついたまま身動きもしなかった。伴右衛門はそのままいなくなったが、お景は地蔵のように体を固めていた。

伴右衛門が詰所に戻ると、大久保《おおくぼ》三太夫《さんだゆう》が湯呑みを置いて、

「いかがでした？」

と、目尻の吊りあがった狐目で訊ねてきた。

「容易《たやす》く落とせると思ったのだが、思いの外強情を張る女だ」

「手を焼きますね」

「これ以上あの女に手間暇《ひま》をかけているわけにはまいらぬ。脅してきたから、応《こた》えているはずだ。明日にはあきらめて快い返事をくれるだろう」

「いざとなれば、力ずくで納得させますか」

「あまり手荒なことはするなといわれている」

伴右衛門は煙草入れから煙管を取りだし、雁首《がんくび》に刻みを詰めながら言葉をついだ。

「尻軽な女だと思ったが、算盤が狂った。あのまま店に出せば、揉め事の種になる。まあ刻をかけて諭すしかなかろうが……。それにしても世話の焼ける女だ」

「若いし、器量もよい。あの女ならたっぷり稼げるはずです」

「割り切ってくれれば、店一番の女になるのはわかっている。御用人《ごようにん》の目は狂ってはいないのだが……」

伴右衛門は煙管を吹かして、長々と紫煙を吐きだした。

「芦野さん、今朝のことですが、ちょっと気になることを耳にしたのです」

三太夫が突然思いだしたようにいった。

「なんだ？」

「浜で死体が揚がったというのです。御用人に呼ばれておりましたので、それが誰なのかたしかめてはおりませんが、まさか番頭の伊助ではないかと……」

伴右衛門は色白の三太夫に顔を向け、煙管を灰吹きにコンと、打ちつけた。

「まさか、あれが揚がってくることはなかろう。これでもかというほど、ぐるぐる巻きに重石《おもし》をつけたのだ」

「しかし、縄がなにかの拍子で外れたりしたら……。よもやそんなことはないと思いますが、気になりませんか」

「うむ、そうだな」

伴右衛門は小窓に目を移した。木々の枝葉から漏れ射す光が、その小窓から入ってきている。

「もし伊助だとしても、なんとでもいいわけはつく。気にすることはないだろう」

伴右衛門はぬるくなった茶を、のんびりとした所作《しょさ》で口に運んだ。

二

見廻りに出ていた服部洋之助が、殺しが起きたという知らせを受けたのは、昼下がりのことだった。

「白昼の殺しか……」

ぼやくようにつぶやいた洋之助は、知らせにやってきた自身番の番人に肩を並べながらあらましを聞いた。

殺しは神田佐柄木町《さえきちょう》の長屋で起きていた。番人は同じ町内にある自身番の者だ。

「殺されたのは小平次《こへいじ》という指物師《さしものし》の女房で、お徳《とく》というおかみです。下手人を見た者が何人かいますが、どうもはっきりしないんです」

「下手人を見てはっきりしねえってェのはどういうことだ？」

「いえ、詳しく聞く間もなく、旦那を呼びに使いに出されましたから……。行けばわかると思います」

「そうか……」

洋之助は下手人を見た者がいれば、これは簡単に召し捕れると思った。そばには小者の弁蔵と松五郎がついている。

早歩きになっているので、洋之助は広い額にうっすらと汗をにじませていた。ときどき手拭《てぬぐ》いで、その汗を押さえる。

殺しがあったのは、表通りから二筋入った長屋だった。近所の岡っ引きと自身番詰めの者たちがいて、そのまわりに野次馬がたかっていた。

「ええい、どけどけ。邪魔だ邪魔だ」

洋之助は十手を振り、ひび割れた声を発しながら、狭い路地を塞いでいる野次馬たちを追い払った。六助《ろくすけ》という岡っ引きが、膝に手をついて頭を下げ、ご苦労様でございますと挨拶をしてきた。

「死体はどこだ?」

「へえ、家のなかです」

洋之助は半開きになっていた腰高障子を引き開けて、狭い三和土に入った。死体となったお徳は、着物を乱し、しどけない恰好で息絶えていたが、胸に鑿《のみ》が突き立てられていた。着物は蘇芳《すおう》に染まり、畳には血溜《ちだ》まりが出来ていた。

「ひでえな……」

洋之助は上がり込んで死体を検《あらた》め見た。鑿で刺されたのが致命傷なのはすぐにわかったが、髪が嵐に吹かれたように乱れている。首を絞められたらしく、指痕《ゆびあと》もついていた。

「松五郎、こっちに来い」

へいと返事をした松五郎がそばに来た。

「鑿を抜け」

「ヘッ、あっしがですか……」

松五郎は生々しい死体を見て気後《きおく》れしたのか、いやそうな顔をした。

「おうよ。おまえの仕事だ。それから戸板と筵《むしろ》を用意して、表に出すんだ」

あっさり指図をした洋之助はすぐに表に出て、

「誰か下手人を見た者がいるらしいな」

と、野次馬たちを眺めまわした。

「逃げてゆく男を見たのは、この者です」

自身番の書役に背中を押されて、一人の老人が出てきた。

「青物を売っております彦蔵《ひこぞう》と申しやす」

「下手人は誰だ?」

「へえ、名はわかりませんが職人の恰好をしておりました。年のころは三十過ぎに見えましたが、もっといっているかもしれません」

「だったら大工の茂兵衛《もへえ》だろう。あんまりこんなことはいいたかァねえが……」

そういった男が前に出てきた。

「なぜ、茂兵衛だという?」

洋之助は男を見た。

「茂兵衛とお徳さんは、こっそり付き合っていたんです。あっしは知っていましたが、小平次の手前もあるので、見て見ぬふりをしていたんですが、こんなことになるんだったら、もっと早く茂兵衛を諭しておきゃよかった」

「茂兵衛は何者でどこに住んでいる？」

「やつは大工です。近所の長屋住まいで、女房持ちです」

「よし、その長屋に案内しろ。死体は番屋のほうでどうするか決めるんだ。松五郎が手伝ってくれる」

洋之助は自身番の書役にいいつけて、

「弁蔵、ついてこい」

といって、茂兵衛の長屋に向かった。

その長屋は隣の神田雉子町《きじちよう》にあった。案の定、茂兵衛はいなかったが、

「普請場《ふしんば》にいるはずですけど……。なにかうちの亭主がしでかしたんですか？」

と、なにも知らない女房がいう。

「隣町で殺しをやりやがった」

洋之助がいうなり、女房は、一瞬、声もなく顔を張りつかせた。

「……う、嘘でしょう」

「嘘じゃねえ。逃げるのを見たやつがいる。もし家に帰ってきたら、まあ帰っちゃこねえだろうが、帰ってきたら自身番か御番所に申し出るようにいうんだ」

「……そ、そんな……なんであの人がそんなことを……」

「おれに聞かれてもわからねえことだ。それで茂兵衛の普請場はどこだ？」

顔色をなくして青くなっている女房は、神田連雀町《れんじゃくちょう》の普請場をふるえる声で教えた。

だが、その普請場に行っても当然茂兵衛の姿はなかった。

あらためてお徳の長屋で聞き込みをした洋之助は、死体を引き取った自身番に入った。そのとき、お徳の亭主の小平次がいて、書役から話を聞いているところだった。

洋之助はそばに座り、

「小平次、聞いた話ではお徳と茂兵衛はいい仲だったらしいが、そのことに気づいちゃいなかったのか？」

小平次は涙をためた目で洋之助を見て、

「ひょっとしたらと思うことは何度かありましたが、まさかそんなことはないだろう、思いちがいだろうと自分にいい聞かせていたんです。お徳にそれとなく聞いても、からからと笑い飛ばしていましたし……」

と、肩をうなだれる。

「知らぬは亭主だけというのはよくあることだ。だが、茂兵衛に逃げ場はねえ。遅かれ早かれ召し捕って、女房の仇《かたき》を取ってやる。だが、女房も女房だな」

「くそッ」

「おい、変な気を起こすんじゃねえぜ。女房が浮気したのは、少なからず亭主にもその因《もと》があるってもんだ。人を恨まず、てめえを顧みるのも大事なことだ」

洋之助は我ながら気の利いたことをいうと、自分のことを思った。

「とにかく大家と相談して通夜や葬儀をどうするか決めるんだ。おれは茂兵衛を捕まえる」

「へえ、よろしくお願いいたしやす」

深々と頭を下げる小平次を残して、洋之助は松五郎と弁蔵を連れて聞き込みに出かけた。

「旦那、どこへ行くんで？」

松五郎が聞いてくる。

「茂兵衛は友達や大工仲間を頼るかもしれねえ。もう一度やつの普請場に行って、その辺のことを聞くんだ。それでもわからなけりゃ、やつの兄弟と親戚をあたる」

「忙しくなりましたね」

「ああ、大忙しだ」

「だけど、おしづ・米吉殺しのほうは、早乙女の野郎にまかせきりでいいんですか？」

松五郎は気に入っていないようだ。

「しばらくは様子を見る。やつがどこまでできるか、それも見てえしな。まずはこっちの一件を片づけることにしようじゃねえか」

「やつが下手人を探せなかったらどうします。手掛かりもなにもわからずじまいになっちまったら」

「そのときは下手人は一人と決まっている」

「ひょっとして新蔵を……」

松五郎はげじげじ眉を動かして驚き顔をしたが、洋之助はなにもいわなかった。代わりに頭のなかで算盤を弾いていた。お徳殺しの疑いのある茂兵衛を捕まえ、おしづ・米吉殺しの下手人を召し捕れば、大変な手柄だ。奉行からの褒美と褒め言葉もありがたいが、それよりもやり手の同心だという評判が立てば、ほうぼうからの付け届けが増える。

定町廻り同心の役得はそんなところにあった。

「あそこがそうだ」

洋之助は、玄翁《げんのう》をふるい鋸《のこぎり》で材木を切っている大工たちのいる普請場を見た。いつしか大きく日が傾いており、空は夕映えの色に染まっていた。

三

十内は伊勢屋金兵衛から、伏見屋のことを詳しく聞いていた。年は五十前後で、背は高くもなく低くもない。顔の肉づきがよく、ちんまりした目をしているという。

金兵衛は伏見屋を六ツ川で二、三度見ているといった。一度は二人の侍が同席をしていたらしい。また、お景がいなくなる晩にも、そばに連れがあったような気がするといった。

金兵衛から話を聞いた十内は、すぐに六ツ川に戻り、お景が消えた晩に伏見屋が来たかどうかを訊ねた。答えは来なかったである。しかし、そのとき、伏見屋の名がわかった。

為次郎《ためじろう》というらしい。やはり、三度ほど六ツ川に来ており、一度は二人の侍の連れがあったといった。

さらに、仲居頭のお蔦と、お景を嫌っていたお鶴に、お景が伏見屋と親しく接していたかどうかを聞いたが、二人ともそんな素振りはなかったと口を揃えた。

(どういうことだ……)

さっきから考え事をしている十内は、飯屋「栄」で、ちびちびと酒を飲んでいた。伏見屋を探らせている孫助を待っているが、やってくる気配がない。呑兵衛のわりにはよく人のいいつけを聞く男だから、いまも調べまわっているのかもしれない。

それから小半刻ほど、あまりうまくもない肴をつまんで酒を飲みながら孫助を待ったが、来そうにないので帰ることにした。

伏見屋に行こうかと思ったが、すでに日は暮れているし、昼商いの商家はどこも暖簾を下ろし、表戸を閉めている。伏見屋に行っても同じことだろうと思うのだ。

橋本町の自宅に帰り、楽な浴衣に着替えて、さて今夜の飯はどうしようかと考えていると、またもや剽軽《ひょうきん》な黄色い声といっしょに、下駄音が玄関にあった。

「早乙女ちゃん、帰ってるんでしょう」

これはお夕だとわかる。

（まったく、なにが早乙女ちゃんだ）

十内は拗ねたような顔をして、返事をしなかった。

「早乙女さん、お帰りよね。明けてちょうだいよ。大事な話があるの」

由梨だった。

（大事な話……）

十内は閉まっている玄関を見た。由梨には昼間いいことを教えてもらったばかりだ。

「いま、開ける。待ってろ」

いってやると、「きゃ、やっぱりいた」とお夕のはしゃぐ声がした。

猿《さる》を外し、二人を招じ入れると、静かだった家のなかが急に騒がしくなった。やれあかりが少ない、竈《かまど》に火が入っていないからどうの、夕餉はどうしたのだなんだかんだと矢継ぎ早に、それも由梨とお夕が交互にしゃべる。

「おい、どっちか片方でまとめてしゃべれ。そんなになにもかも、いっしょに返事はできねえだろう。たくぅ、おまえたちの可愛い顔が台無しだ」

十内は煙管を吹かして苦い顔をする。

「あら、怒った早乙女さんもいいわ」

由梨がすりよってくる。

「そうね。ボーっとしている顔もあたしは好きだけど……」

お夕はそういって、にっこり微笑む。

「それで大事な話とはなんだ？」

十内は二人を交互に見て、どっちか一人が話せと釘を刺した。

「それじゃあたしが」

「それじゃあたしが」

由梨とお夕は同時に口を開き、互いの顔を見合わせ、また「どうぞ」と同時にい

う。それがおかしいものだから、二人はころころと声をあげて楽しそうに笑い、

「お夕ちゃん、話していいわ」と由梨が譲った。

(こいつら、馬鹿なのかそうでないのかわからん)

十内は首を振って煙管を煙草盆に打ちつけた。

「早乙女さん、月に一度はおいしいものを食べるといってたわね」

お夕がにっこり微笑む。

「そうだ。人間うまいものを食わなきゃ幸せを感じることができないからな」

「最近、おいしいものを食べた？」

「いや、久しく食べておらん。暇がないからな」

ほんとうは暇だらけだった。手許不如意でうまいものを食べられなかっただけだ。

「それがどうした？」

お夕はふふふと笑って話した。

「がざみをたくさんもらったの。でも、どうやって食べたらいいかわからないのよ。早乙女さんだったら、きっと料理できると思って聞きに来たの。今日ね、祐斎先生がもらったのを分けてくださったのよ」

「ほう、がざみか……」

十内は目を光らせた。がざみとは渡《わた》り蟹《がに》のことである。身は少ないが、料理次第ではよい味が出るし、汁物にもいい。また少ない身も、それはそれでなかなかいける味である。

「あるのか……」

十内は興味津々の目になった。こうなったらさっきまで考えていたことは、しばらくお預けである。

「作ってくれる?」

「持ってこい」

二人は早速家に戻り、がざみを持ってきた。笊《ざる》に檜葉《ひば》を敷いた上に六杯のがざみがのっていた。まだ、もごもごと足を動かしている。

十内は襷《たすき》をかけると、竈に火を入れ、早速料理にかかった。簡単に塩ゆでにして二杯酢で食べてもよかったが、それでは芸がない。

蟹の足と螯《はさみ》を切り取って身をよく洗い、ぶつ切りにした。お夕と由梨がそばに来て、どんな料理を作るのだと、興味津々の顔で見守る。

こんなとき、二人は言葉少なだ。十内の仕事に邪魔にならないので助かる。

鉄鍋を竈にかけ、よく熱すると、胡麻油《ごまあぶら》をたっぷりたらした。ジュッと、油の焼ける音がすると、蟹を入れ、千切《せんぎ》りの生姜を混ぜて炒める。ころよいところで酢醤油をまわしかけて、炒めつづける。くすんだ色をしていた蟹が赤みを帯び、芳《こう》ばしい匂《にお》いが家のなかに広がってゆく。

蟹の身に火が通ったところで、大皿に盛って出来上がりである。意外と簡単であるが、酢醤油の加減がミソだった。

「なんていう料理なの？」

皿に盛られたがざみを見て、由梨が訊ねる。

「名か？　そうだな、蟹鍋煮でいいだろう。さあ、食おう」

十内は早速小皿にがざみを取って食べはじめる。うん、これはいい、なかなかいけると我ながら満足する。蟹の香味と刻み生姜が微妙に混合されていて、白い身の舌触りがいい。殻をガリガリ食べたくなるほどだ。

実際、薄い殻を嚙み砕くと、蟹本来が持っている味と、酢醤油がしみていて、なんともいえぬ旨味《うまみ》が口中に広がる。

「おいしい。こんな蟹料理初めてだわ」

由梨は感激している。箸を使うのが面倒だから、みんな手づかみだ。

「やっぱり早乙女さんに作ってもらってよかったわ。うん、おいしい、おいしい……」

お夕はほくほくいいながら、蟹の殻にかぶりつく。

「今日は由梨にばったり会っていいことを教えてもらった」

腹が落ち着いたところで、十内はいった。

「え、なんのこと？」

「人は嫌っている者のことをよく見ているといっただろう。まさに、それはよくあたっていた」

「へえ、それじゃ役に立ったのね」

「なんのことよ」

お夕が話に割り込んできた。佐吉から頼まれたお景探しのことは、二人とも知っているので、これまでのことをざっと話してやった。

「へえ、それじゃお景ちゃんは性悪じゃない。妹思いの佐吉さんは、見るからに人柄がよさそうなのに……」

　お夕が指をねぶりながらいう。

「噂をまともに信用しちゃいない。世間には誤解を受けやすい者もいる」

「早乙女さんって、人がいいのね。そんなに何人もの人がいうんだったら、まちがいないんじゃない」

　由梨だった。

「そうかもしれぬが、おれはお景を探すと約束しているんだ」

「ねえ、こういうことかしら」

　唐突な発言をするのはお夕の十八番《おはこ》だ。なんだと問えば、

「伏見屋は一度お景ちゃんを見て、ぞっこん惚れちゃった。だから店に足を運んで、口説こうとしたけど、うまくいかなかった」

　という。

「それで……」

　と、話の先を促すのは由梨である。十内は黙って耳を傾ける。

「うまくいかなかったから、攫っちゃったのよ。だから、伊勢屋の若旦那と会った

晩に、お景ちゃんに会いたいけど、店は終わりだろうかって聞いたのよ」

「それはあるわね。伏見屋の旦那のそばには連れがいたんでしょう。一人か二人か三人だったのか知らないけど、大の男が二人もいれば攫えるんじゃない」

由梨は汚れた手を手拭いでぬぐいながらいう。

「だが、伏見屋はあの晩六ツ川には行っていない」

十内はどこか遠くを見るような目になっていう。

「店に行かないで、お景ちゃんが店を出てくるのを表で待っていたのよ。それで、うまく誘いかけて攫っていったんじゃないかしら」

由梨が自分の発言に自信ありげにいえば、お夕がちがうことをいう。

「伏見屋は誘ったけど、いざとなったときにお景ちゃんに断られたので、ひょっとしたら首でも絞めて殺してしまったのかもしれないわ」

「ま、恐ろしい」

由梨がぶるっと身をすくめた。

「殺された……」

つぶやく十内は、そうでないことを祈っていた。殺《あや》められていたとしたら、佐吉があまりにも可哀想すぎる。もっともお景も不憫《ふびん》ではあるが……。

（いずれにせよ、伏見屋が鍵《かぎ》ということになるな）

心中でつぶやく十内は、食後の一服をするために煙管をつかんだ。

四

十内はごみ置き場に、昨夜食べたがざみの甲羅を捨てた。蟹はただの残骸《ざんがい》となって、蠅《はえ》のたかっている他のごみといっしょに重なった。日は昇っているが、まだ朝の早いうちだ。この時期は七つ半（午前五時）ごろに夜が明ける。

江戸の市民もそれに合わせて、起きだし、仕事に出かけてゆく。納豆や魚の棒手《ぼて》振《ふり》もすでに見られ、肩に道具箱を担いだ職人たちもいる。

青葉から夜露がゆっくりと離れ、日の光にきらめきながら地面に黒いしみを作った。

十内は孫助に会いたいと思ったが、孫助がどこに住んでいるのか知らなかった。会えなければ、先に伏見屋を見張ろうかと考える。

（そうしよう……）

心に決めた十内は、家に戻ると、手際よく着替えをして差料《さしりょう》をつかんだが、そこで待てよと動きを止めて、もう一度着替えることにした。

見張りをするにはあまりにも自分の身なりは派手すぎる。赤い帯を、地味な献上帯に替え、羽織もあまり目立たない檜皮色《ひわだいろ》の麻に替えた。それに素足に雪駄、深編笠というなりになった。

高利貸の伏見屋の開店は遅いだろうと思ったが、それでも足を運び、その佇まいと看板をたしかめた。看板は真新しく、入口の戸障子も新しい。

十内は伏見屋のそばにある飯屋に入り、朝餉を取ることにした。その飯屋は魚河岸が近いせいか、朝から刺身や新鮮な干物があった。品書きの数も多い。

十内は鱸《すずき》の刺身に、予州鯛の塩辛、糸瓜《いとうり》の漬け物、そして蛤《はまぐり》のみそ汁をもらった。

朝から贅沢だが、よく考えれば昨夜はがざみ以外たいしたものを食べていないと気づく。

近隣の商家は六つ半（午前七時）から朝五つ（午前八時）には店を開け、暖簾をあげた。伏見屋もそれにならうように店を開けた。

ものを売る商家の前では丁稚《でっち》や奉公人たちが、水打ちをしたり掃除をする。大八車が引かれてきて、荷下ろしがはじまり、空《から》の大八車が去ってゆく。

それに比べ、伏見屋は静かであった。暖簾をあげに奉公人が出てきただけで、あとはひっそりしている。もっとも高利貸ともなれば、金を借りに来る客か、返済に来る客しかいない。頻繁な出入りがあるとは思えない。

もっとも掛け取りに行く使用人もいるはずだし、御用聞きも来るだろう。ひょっとすると、孫助が現れるかもしれないと、わずかな期待もする。

日は徐々に高くなってゆき、暑さが増してきた。夏はこれからが盛りだが、まだ蝉《せみ》の声は少ない。朝夕に吹く風は、涼しいほどだ。

飯屋を出て、もっと伏見屋を見張れる場所を探した。裏にまわったが、勝手口は閉じられていた。もう一度表に戻ろうとしたとき、その勝手口が開き、一人の男が出てきた。

十内は深編笠のなかから疑われないように男を見た。わざと人を待っているように、瀬戸物屋の庇《ひさし》の下に立つ。

（こいつ……）

十内の目が光った。男は二本差しの侍だった。右目尻の上に米粒ほどの黒子がある。信濃屋に難癖をつけた男だ。

信濃屋の元番頭・松兵衛は、男の名を桂木清兵衛といった。十内は前を通りすぎていった清兵衛を見送って、どうしようか迷った。どこへ行くのか尾行するのも一計であるが、へたに声をかけるのはいまのうちははばかられる。ならば、このまま伏見屋を見張りつづけようかと迷った。

だが、勝手に足は動いていた。やはり、尾《つ》けることにした。

お景は軟禁されている座敷に、端然と座り、きっとした目を表の庭に向け、凜《りん》と背を伸ばしていた。

もう、あきらめた。芦野伴右衛門に会ったら、仕事をすると返事をしようと、腹を決めた。その仕事は女郎である。だけど、もうどんな芝居も通用しないというのはわかった。

断れば、殺すと脅されてもいる。死にたくはない。まさか、こんな運命が自分にめぐってくるなど予想だにしなかったが、観念するしかなかった。

ただ、兄・佐吉がどれほど自分のことを心配しているのか、それが手に取るようにわかっているだけに、お景の胸は苦しくなっていた。

(ごめんね、兄さん)

胸の内でつぶやくと、我知らず目頭が熱くなった。唇を引き結び、涙を堪えた。

すると、足音がして芦野伴右衛門が現れた。いつものように無表情だ。

なにもいわずに座敷に入ってくると、お景の前に座った。月代《さかやき》がきれいに剃《そ》られ、結いなおした髷には櫛目が通っていた。鬢付《びんつ》け油《あぶら》のいい匂いがした。

「腹は決めたか?」

伴右衛門がまっすぐ見て聞いてくる。

「決めました。はたらかせていただきます」

お景が返事をすると、にわかに伴右衛門の目許に笑みが浮かんだ。

「よく決心してくれた。それがおまえにとってなによりの道だ」

「女郎になるのですよ……」

お景は咎めるようにいった。

「相手をする客は、その辺の貧乏侍やけちな商人ではない。おまえはそんな連中には目もくれないではないか」

このとき、お景の脳裏にあることがかすめた。ひょっとしたら金持ちの客に取り入って、身請けしてもらえるかもしれないと思ったのだ。

(救いの道はあるわ)

「支度金の百両を渡すが、それはおまえの衣装や部屋代、茶、酒、夜具、その他調度の費《つい》えに使ってもらう」

「はぁ……」

よくわからなかったから気の抜けた返事をした。

「年季は五年だ。身請けをしたいという客がいるかもしれぬが、まずそれはないと思え。身請けには千両の金がいる」

「千両……」

お景はあまりの大金に、声をひっくり返した。同時についいましがたの自分の考えがひっくり返されたことに落胆した。

「五年たてば自由になれるのですね」

「さよう」

五年後に自分は、二十一歳になっている。いい年増だ。

「はたらく前に兄さんに会いたいのですけど……」

「無理だ」

伴右衛門は首を横に振った。

「兄御のことは忘れるのだ。五年たてば会える。だが、手紙のやり取りはできる」

そんなことをすれば、兄がどうするかわからない。まさか、人に攫われ女郎になっているなどとは書けない。兄は清廉で純粋な人間だ。兄には教えられない。お景は唇を嚙んで、佐吉との連絡を断念するしかなかった。

「手紙は出してもよいが、店のほうで調べる。客に頼んで渡そうと思っても無駄だ。客にもその旨のことは話してあり、きつく守ってもらっている」

「………」

「ときに足抜けをする女がいるが、無謀なことだ。必ずや見つかってしまうし、捕らえられれば、無事にはすまぬ。いっておくが、足抜けをして逃げおおせた女はいない」

（足抜けしたら殺すということだろうか……）

「これらのことはまた店に行ったら教えられるだろうが、きっちり五年勤めあげれば、よい暮らしができるようになる」

「住むところはどこになるんです？　休みはもらえるんですよね」

伴右衛門は目をつむり、首をゆっくり左右に振った。

「休みはあるが、店の外に出ることは許されぬ。ときにこの屋敷に招かれることもあろうが、五年の間は店で寝起きをすることになる」

「そんな……」

まったく自由がないということではないか。

（それでは籠《かご》の鳥ではないの）

お景はいまからそのつらさに耐えられるだろうかと、心配になった。

「それにしてもよく決心してくれた。わたしの肩の荷もこれでやっと下りた。お景、悲しんだり嘆くことはない。なにもかもおまえの将来のためだ。人生のほんの少しの間、自由を失うだけだ。かといって、ひどい暮らしをさせるわけではない。好きなものを好きなだけ食べられる。きれいで豪奢《ごうしゃ》な着物も着ることができる。客と楽しく、その一時を過ごすだけでよいのだ」

「…………」

「あとで迎えに来る。しばらく待っておれ」

伴右衛門はそれまで見せなかった笑みを頬に浮かべて去っていった。

一人置き去りにされたように座敷に座っているお景は、表情をなくした能面顔で表に見える空を見つめた。

五

通旅籠町の乾物屋で奉公している佐吉は、干瓢《かんぴょう》と干し椎茸《しいたけ》を大笊いっぱいに盛ると、こぼれないように風呂敷で包み、胸に抱えるようにして店を出た。

届け先は贔屓にしてもらっている鎌倉町《かまくらちょう》の料理屋だった。昨日に引きつづき晴天の日である。空の向こうには大きな入道雲が浮かんでいた。

だが、佐吉は空など見なかった。人の行き交う通りの向こうや、路地の向こうに視線を飛ばす。お景と年恰好が同じような女を見れば、立ち止まって目を凝らし、そしてがっくり肩を落としていた。

朝夕も同じだった。仕事を終えて、家に帰ると長屋の表で、すっかり暗くなるまで立っていた。家に戻っても、じっとお景が帰ってくるのではないかと、耳をすましている。かすかな物音や、聞こえてくる下駄音にも敏感になっていて、夜中でもぱっと目を覚ましていた。だが、お景はいっこうに帰ってくる気配はない。

朝はいつもより早く起きて、長屋の木戸口で待つのが日課になっていた。木戸番小屋の番太郎が、同情してくれて、

「あたしも気をつけて見てはいるんだけどね、お景ちゃんだけは見ないんだよ。だけど、気を落としちゃいけないよ。きっと帰ってくるさ。なんたって、お景ちゃんは兄さん思いだからね」

といってくれる。

佐吉は届け物の乾物を抱えたまま竜閑橋《りゅうかんばし》をわたり、鎌倉河岸に出た。そこにもいろんな人間が行き交っていたが、町娘を見るとはたと足を止めてじっと見送った。

(お景、どこに行っちまったんだ……)

町娘を見送ったあとで、贔屓の料理屋に行き乾物を届けた。

帰り道、竜閑川に架かる乞食橋南にある白幡稲荷《しらはたいなり》を訪ねた。手を合わせて、

（どうかお景が無事でありますように。どうかお景を帰してください。お景の身になにもありませんように……）

祈るように願い事をした。

神社や稲荷社があれば、必ず立ち寄ってやることだった。

店に帰る途中も、道を行く女たちに目を配った。よろず相談所にお景探しを頼んだが、ちゃんとやってくれているのだろうかという疑心暗鬼な気持ちもある。ひょっとしたら二分では安すぎるのではないか。安いから、適当に探して見つからなかったといわれるのではないだろうか。それでは困る。

今夜あたり訪ねて、どうなっているのか聞かなければならない。もし代金が足りなければ、もう少し払うことにしよう。店の旦那さんに頼めば、少しは融通してくれるはずだった。内職の手間賃も少しは入る。

とにかく佐吉は寝ても覚めても、妹・お景のことが頭から離れない。仕事が立て込んでいるときは、しばし忘れるが、手が空《す》くとすぐに心配事が胸の内に広がるのだった。

桂木清兵衛を尾行した十内は、なにかわかるかと思ったが、清兵衛の用は借金の取り立てだというのがわかっただけだった。清兵衛が立ち寄ったのは三軒の家だった。一軒は裏店の居職の職人、一軒は瀬戸物屋、そしてもう一軒は新大橋に近い旗本屋敷だった。

どこも取り立てはすんなりいったようで、清兵衛の足取りは軽かった。店にはやはり裏の勝手口から入り、そのまま出てくる様子がなかった。

十内は表にまわり、伏見屋を見張れる茶屋の長床几に腰掛けた。ときどき、近くを通る男に注意の目を向けたが、孫助の姿はなかった。

（あの野郎、いったいどこをほっつき歩いてるんだ）

胸の内でぼやきながら茶を飲む。

伏見屋に出入りする人間は少ないが、それでも忘れかけたころに一人、また一人といった按配《あんばい》で訪ねる者の姿があった。職人もいれば武士もいるし、どこかのおかみと思われる女もいた。

こうやってよくよく見張っていると、結構金を借りる者が多いことに気づく。いっそのこと自分も訪ねていって、少しの金を借りてみようかと考えたが、この先どんなことになるかわからないので、顔をさらすのは控えようと考えなおす。

それに、金を借りる際には名や身許も明かさなければならないだろう。やはり、うっかりしたことはできない。なにしろ、殺しが関《かか》わっているかもしれないのだ。

昼過ぎに一人の客が伏見屋を訪ね、なにやらホッとした顔で帰っていった。十内はその客を尾けた。気のよさそうな中年の男だ。身なりからすれば、商家の手代ふうである。

男は日本橋をわたり、通二丁目に差しかかったところで左の小路に曲がった。まっすぐ行けば材木河岸で楓川《もみじがわ》にぶつかる。

「よう」

うしろから近づいて肩をたたくと、手代ふうの男はビクッと振り返って立ち止まった。十内は相手に警戒されないように、深編笠の庇をちょいと持ちあげて頬をゆるめた。

「教えてもらいたいことがあるんだ。なに、手間は取らせないから、ちょいとそこの茶店で話をさせてくれないか」

「いったい、なんでしょう？」

男は用心深い目で、十内を品定めするように見た。

「伏見屋のことだ。いま、伏見屋に行ってきただろう。こんなことは大きな声でいえないが、おれもちょいと手許不如意で困っているんだ。それで、伏見屋に行こうと思うんだが、なにしろ初めてなもんでね」

「なんだ、そんなことですか……」

男は安堵の表情になった。

茶店の床几に腰掛けて話を聞いた。男は広兵衛《こうべえ》という名で、すぐそばにある線香問屋の手代だった。

「わたしは急ぎの金をこしらえなければなりませんでしたから、伏見屋さんを使っただけです。そんなに利息は高くありませんでした。もっとも店を始めたばかりだから、いまのうちだけかもしれません。高利貸も商売ですから、他の店より利息を安くして、客を多く集めようという考えなんでしょう」

「それじゃ便利な店だな。やはり、訪ねてみようか……」

十内は立てかけてある葦簀《よしず》に止まった蠅を見ていう。

「お困りならお訪ねになったらいかがです」

「そうだな。ちなみに利息はいかほどか教えてくれないか」

広兵衛は丁寧に教えてくれた。

「からす金」だったら、例えば鴉がカアと鳴く朝百文借りたら、鴉がまたカアと鳴く夕方に百十文返せばいいという。これはその日の商いに困る棒手振連中が多いらしい。

急ごしらえの金が必要になった広兵衛は、二両を借り、利子は一月限りで、二朱。借りるときに二朱を天引きして借りたという。

「他じゃそうはいきません。大方、二両で一分が相場ですからね」

二両で一分だと、年利にすると十五割になる。相当高い。質屋だと大方の店が、年利一割五分程度だから、やはり高利貸しなのだ。

「それで店には番頭か手代がいると思うが、何人ほど控えている」

この問いに、広兵衛は不思議そうな顔をしたが、

「入った帳場に一人、その横に一人ですよ。まあ、ああいう店ですから、あまり愛想はよくありませんが……」

「その他に使用人はいないんだろうか？」

「さあ、それはどうでしょう。店のことまではわたしにはわかりませんので……」

十内はどんな人間が経営者なのか知りたいと思ったが、広兵衛からそれを聞き出すことはできなかった。手っ取り早く家主や町名主を訪ねて聞けば早いが、それは孫助がすでにやっているはずだ。

広兵衛と別れた十内は、埒の明かない伏見屋の見張りを中断して、孫助に会うために栄に向かった。

すると、今度はちゃんといつもの席に、孫助の顔があった。いつになく素面《しらふ》である。

「先生、あたしゃ品川まで行って疲れちまいましたよ」

と、孫助は開口一番にいって、

「妙なんです。それに危ない目にあっちまいまして、危うく斬られるところでした」

と、言葉をついだ。

六

「斬られそうになった？」

「へえ、あるお屋敷がありましてね。その前をうろついていると、家中《かちゅう》の侍が出てきてえらい剣幕で、そりゃ鬼の形相ですよ。なにをしてるといいやがって、刀を振りまわして脅しやがるんです。こちとら死にたかァありませんから、それですっ飛んで逃げてきたんです」

「なぜ、その屋敷に行った？　どうも要領を得ねえな。最初から話してくれ。おい、女将、孫助に好きなだけ酒を持ってこい」

十内はいってから、腰を据えた。

すでに日は傾いており、窓の外に見える柳原土手も翳っている。

銚子が三本運ばれてくると、孫助は揉み手をして嬉しそうに話しはじめた。

「伏見屋の家主は、甚兵衛《じんべえ》さんといいますが、聞いたところ伏見屋の主は為次郎という名です。もとは品川で銭屋《ぜにや》をやっていたそうですが、それが江戸の日本橋で店を構えたんですから、こりゃよほど品川であくどい稼ぎをやったんじゃないかと思ったんですがね、品川に行って聞いてみると、そうでもないです」

「そうでもないというのは……」

「へえ、為次郎は奇特で真面目な男らしく、両替の口銭《こうせん》（手数料）も汚くはなかったといいやす。年は四十七ですが、女房は二年前にぽっくり亡くなっちまって、一人いる倅《せがれ》は上方に包丁修業に行ったきり戻ってこないそうで……」

為次郎は北品川一丁目に店を持っていたという。

「そんな男が、信濃屋のあとによく店を出せたもんだな。品川の銭屋で儲《もう》けた金をコツコツ溜め込んでいたのか……」

「あたしもそれを不思議に思ったんです。いくら儲けたといっても、そりゃ伏見屋は立派な店です。めったなことじゃ出せるもんじゃありませんよ」

「だが、現に品川町に店を構えているんだ」

「それです。それ」

孫助はうまそうにぐい呑みを口に運んでから、話をつづけた。

「まあ、為次郎って伏見屋の旦那のことはともかく、おかしなのがあの店の番頭だと思うんですが、この番頭が品川に用があって出かけたんです。それも二人の侍連れです」

「取り立てか？」

「あたしもそう思いましたよ。ですが、それがちがったようなんです。行ったのは北品川の、あるお屋敷です。ちょうど御殿山の北のあたりですがね、これが立派な家構えでしてねェ。まさかこんなところに取り立てをしに来たとは思えませんで。いや、そりゃあ貧乏旗本もいることだから、上辺《うわべ》はいいが、そのじつ台所は火の車ってこともありましょうが、どうもそうは見えねえんですよ。それに、番頭か手代かわかりやせんが、二人のお侍と屋敷に入ったきり出てこねえんです。ついには日が暮れて夜になっちまいまして、こりゃあこの屋敷に泊まったんじゃねえかと思いまして、近所で屋敷のことを聞いてみたんです」

また、孫助は酒に口をつける。今度は喉を鳴らして一気に飲みほした。見ていて気持ちいいほどの飲みっぷりだ。馬面にある長い鼻と、両目の下がほんのり赤くなった。

「やっぱここの酒があたしには合ってる」

と、独りごちる。

「それで屋敷のことはわかったのか？」

「へえ、大島藤十郎《おおしまとうじゅうろう》という旗本でした。なんでも五千石取りだといいやすから、こりゃあ借金なんかするわけないと思ったんです」

「なにをやっている旗本だ？」

「寄合《よりあい》だといいやす」

「寄合……」

旗本で禄高《ろくだか》三千石以上の非職の者を寄合と呼ぶ。若年寄の配下にあり、寄合肝煎《きもいり》が監督している。

「へえ、そうです。それで、一晩品川で夜を明かしましてね」

おそらく旅籠などには泊まらず、寺の境内《けいだい》あたりで一夜を過ごしたのだろうと、十内は見当をつけたが、黙って話を聞くことにした。

「もう一度、大島藤十郎さんの屋敷の様子を見ていたんです。ところが、なんですか、相手もあたしのことをどこかで見ていたらしく、ぞろぞろっと屋敷の侍が出てきましてね。いきなり、家のまわりをうろついてあやしいやつだ、いったい何者だときやがるもんだから、あたしは道に迷ったんだとすっとぼけましたが、昨日もこのあたりをうろついていたと、ちゃんとあたしのことを知っていやがるんです。それで、じつは人探しをしているんだといいますと、ますますもってあやしい、こっちに来やがれときたもんだから、あたしは怖くなって逃げたんですが、相手は刀を抜いて追いかけてきやがる。いやもう、冷や冷やもんで、このままばっさり斬られるんじゃねえかって、足がもつれそうになりながら逃げたんです」

「伏見屋の番頭らしき男と二人の侍はどうした？」

「それをたしかめたかったんですが、斬られそうになっちまったから、それっきりです」

「ふむ、世話をかけたな」

「いや先生のお役に立ったんだったら、あたしはそれでいいんで……。こうやってうめえ酒が飲めることだし……」

孫助は、ひっひひひと嬉しそうに笑い、汚い歯茎を見せた。だが、すぐ真顔になって、言葉を足した。

「でもね先生、あたしゃ尾けられていたかもしれません。どうも背中のあたりがぞくぞくっとすることがあったんです。ついてこられちゃ困るんで、両国で人込みにまぎれて様子を見てから、この店に戻って来たんです」

「まさか、ここまで尾けられているのではねえだろうな」

十内は窓の外に目を向けた。すでに宵闇が濃くなっていた。

「そりゃないでしょう。大丈夫だと思いますが、そんなことといわれると気色《きしょく》悪いですよ」

孫助は心配顔になって、今日は疲れたからこれを飲んだら帰るといった。

「体を休めるのは大事なことだ。とにかく孫助、礼をいうぜ。これは酒手だ」

十内は気前よく小粒二枚を渡し、先に帰るといって店を出た。

人の視線を感じたのはすぐだった。誰だと思って、あたりを見ると、二間先の路地の暗がりに二人の侍の姿があった。彼らの視線は十内には向けられていなかった。

どうやら栄に出入りする客に向けられているようだった。

（もしや……）

十内はなに食わぬ顔をして足を進め、しばらく行ったところで路地に入り込んだ。

孫助を尾行してきた者なら放ってはおけない。

路地の暗がりにひそんで、二人の侍を窺《うかが》ったが、やはり栄を見張っている。

（孫助を待っているのか……）

十内はじっと様子を見つづけた。小半刻もせず、孫助が店から出てきた。今夜は早く帰るといったとおり、早く寝るつもりなのだろう。

孫助が柳原通りを西へ向かうと、ひそんでいた二人の侍が暗がりから出てきた。十内も遅れて路地を出た。二人の侍はすでに刀の柄に手をやり鯉口《こいぐち》を切っていた。

（いかん）

十内は足を速めた。

第五章　品川宿

一

右は柳原の土手、左は細川長門守《ほそかわながとのかみ》（常陸谷田部《ひたちやたべ》藩）上屋敷の裏塀。土手沿いの柳の向こうに、明るい上弦の月が浮かんでいる。

孫助はへばった馬のような歩き方をしている。よほど疲れている様子だ。その背後に、二人の侍が迫っていた。なにも気づいていない孫助との距離はもう三間もなかった。二人組の侍の足運びは、ただものではない。気配を殺し、足音を消している。だが、孫助に神経が行っているあまり、十内には気づいていない。

「なにやつ」

十内の声に二人組がビクッと肩を動かして振り返った。立ち止まった孫助は、腑抜け面をして突っ立っていた。十内は地を蹴るなり、抜刀しながら二人組に迫った。

　二人の侍も孫助への殺意を、十内に変更して身構えた。刹那《せつな》、十内は右の男めがけ足許から斬りあげるように刀を振った。

　相手は半身をひねってかわした。十内の立ち位置が変わった。背後に孫助がいる。目の前には二人の侍。手にしている刀が、蒼い月光をはじいている。

「逃げろ」

　十内は孫助に忠告してから、先に攻撃を仕掛けた。左の男へ、牽制《けんせい》の突きを送り込んだのだ。相手は間合いを外しながら、十内の刀を横に流し、胴を抜こうとしたが、すんでのところで打ち払われた。

　はっと驚く顔が、十内に向けられる。だが、十内は深編笠を被っている。顔は庇の陰になっているので見えないはずだ。

　相手の口が、くっと、悔しそうにゆがみ、すり足を使って横にまわった。もう一人は十内の背後に迫っている。その動きを月の影で読み取った十内は、くるっと反転するなり、袈裟懸《けさが》けに刀を振り下ろした。

「うっ……」

　虚をつかれた男の肩のあたりが切れていた。刃は皮膚には達しておらず、着物を裁ち切ったに過ぎなかった。それでも相手は怯《ひる》みを見せた。

　その瞬間、もう一人が十内に鋭い斬撃を送り込んできた。首を狙っての撃ち込みだったが、十内は腰を落としながらかわし、相手の脛《すね》を払い斬るように刀を振った。

　見事かわされたが、二人はすすっと大きく後退した。

「くそッ、退《ひ》くんだ」

　一人がいった。

「しかし……」

「よい、退こう」

　孫助の襲撃に失敗した二人組は、浅草御門のほうへ足早に引きあげていった。

「孫助、どうやらおまえは尾けられていたようだな」

「そんな……」

「いまのがなによりの証拠だ。しかもおまえの命を狙っていた。おそらく、大島藤十郎の屋敷から尾けられていたのだろう」

「どうしてあたしがそんなことに……」

「うむ」

十内は刀を鞘《さや》に納めて、二人組が去ったほうを眺めた。もうその姿はなかった。

「大島藤十郎にはやましいことがあると考えていい。それも伏見屋となんらかのつながりがあるはずだ。孫助、曲者《くせもの》はまた現れるかもしれぬ」

「わたしの命を狙ってということですか。そりゃあ勘弁願いますよ」

孫助は心底弱った顔をした。

「しばらく栄には近づくな。それから外出は控えたほうがいい。送っていこうか」

「それにはおよびません。家はもう目と鼻の先ですから……」

「ならばいいが、いまいったこと肝に銘じておくんだ。わかったな」

「へえ、先生のいいつけですからそのとおりにしやす」

孫助はぺこぺこ頭を下げて歩き去った。それを見送った十内は、もう一度二人組が去ったほうに目を向けた。

十内は二人のうち一人の顔を見ていた。唇が薄く、目尻の吊りあがった狐目だった。もう一人は、闇が邪魔をしてよく見きわめることができなかった。

　家に帰ると、木戸門の前に人影があった。誰だと思い、足を止めると、先方から近づいてきた。

「早乙女様、お待ちしておりました」

　頼りない声を発したのは佐吉だった。

「ずっと待っていたのか？」

「はい、お景のことが気になりまして、その後どうなったのかと気が気でありませんので……」

　気持ちはわからぬでもない。十内は家のなかにいざなって、居間で向かい合った。

「正直に話すが、まだどこにいるかわからぬ」

　佐吉はがっかりしたように肩を落とす。

「だからといって探していないわけではない。ようやく手掛かりらしきことがわかってきた。お景は伊勢屋金兵衛という太物屋の若旦那に気に入られていた。お景もまんざらでもなかったようだ」

「ほんとうでございますか……」

佐吉は初耳だったらしく、目をまるくした。

「金兵衛は四谷に店を出す考えがある。店開きのおりには、お景を引き取ろうと考えていたようだ。いや、いまもそうかもしれぬ。お景もその気だったようだ」

「伊勢屋金兵衛さんですか……」

「神田相生町にある大店だ。それよりお景は攫われたかもしれぬ。相手はよくわからぬが、お景がいなくなった晩に、金兵衛にお景のことを訊ねた者がいる。それは日本橋北の高利貸・伏見屋だった。伏見屋には連れがあったようだ。しかも、伏見屋はお景のことを訊ねたが、六ツ川には行っていない。これはおれの勝手な推量なので、他言されたら困るが、ひょっとすると、伏見屋かその連れが、お景の帰りを待って、どこかへ連れ去ったのかもしれぬ」

「どうして、そんなことに……」

「おれに聞かれてもわからぬ。だが、もう少し待て。いま伏見屋を探っているところだ。数日内になにかわかるはずだ」

「お景は無事でしょうか……」

佐吉は眉をたれ下げていう。

「そうでなければ困るだろう。それにお景は人に迷惑をかけるような悪さはしておらぬはずだ。連れ去られたとしてもひどい目にはあっていないだろう」

「そう祈るばかりでございます。それで、早乙女様……」

佐吉が必死の目を向けてくる。

「もしや、お景探しのお代が足りないのではございませんか。勝手な頼み事をいたしましたが、やはり二分では安いような気がしているんです。もし、足りないようでしたら工面《くめん》いたしますから、遠慮なくおっしゃってください」

「無用だ。内職をしなければならないほど安い給金ではたらいているおまえから、余計な金は取れぬ。心配するな」

「ほんとに……。それじゃよろしくお願いいたします」

二

翌朝早く、十内は伏見屋のそばにある飯屋に入った。早朝からの見張りであるが、伏見屋為次郎の顔をたしかめておきたかった。ところがその願いは思いの外早く叶った。

一挺《ちょう》の町駕籠が店の前にやってきたのだ。すると、店から身なりのよい男が出てきた。長身で遠目からも肌つやのよい男だとわかる。年のころ五十前後だろう。

「おい、女将女将」

十内はみそ汁の椀を置くなり、そばを通りがかった女将を呼び、窓の向こうを指さした。

「あの駕籠に乗ろうとしているのは誰だか知っているか？」

女将は太った体を折り曲げるようにして、窓の外を見た。

「ああ、あの人は伏見屋の番頭さんですよ。宗兵衛さんといいましたか、一度だけ挨拶に見えましたよ」

そこへまた新たな男が店の前に出てきて、宗兵衛と短く言葉を交わした。

「ありゃあ誰だ？」

「あの人は伏見屋の旦那の為次郎さんです」

「ほう、あれが主か……」

十内は眼底に焼きつけるように為次郎を見た。体は並だが、肉づきのよい顔のなかにちんまりした目があった。しかし、主にしては番頭に対して腰が低く見える。駕籠に乗り込んだ番頭に何度も頭を下げて見送ったのだ。

「なにか、伏見屋さんに用があるんですか？」

女将が頬肉のだぶついた顔を向けてきた。

「ちょいと知りたかっただけだ。なんでもない」

「お侍さん、ついてますよ」

女将は十内の口のあたりを指さした。気になってさわってみると、みそ汁に入っていた若布《わかめ》がくっついていた。十内はそれを指ではがして口に放り込んだ。

飯屋を出ると、松五郎が下っ引きにまかせているという煙草屋にまわった。そろそろ洋之助に、途中経過を報告しておかなければならなかった。

松五郎に教えられたとおり、貝杓子店に行く。目の前が鎧の渡しだからというからこのあたりだろうと、周囲を見まわすと、小さな煙草屋があり、その前に置かれた床几に腰掛けている松五郎の姿があった。短い足を無理矢理に組んで煙草を喫《の》んでいた。十内を認めると惚《ほう》けたように口から煙を吐いた。

「なんだ貧乏侍。やけに早いじゃねえか」

相変わらず松五郎は愛想が悪い。だが、十内は相手にしない。

「仕事熱心だからな」

「それじゃ下手人はわかったかい？」

「いいや、まださっぱりだ」

十内はそういって、松五郎のそばに座る。店のなかに出目で出っ歯の小男がいた。これが、今助という下っ引きだった。

「けッ、もう何日たってると思ってんだ」

「やることはやっている。服部さんに伝えてくれ。おしづ・米吉殺しは、ひょっとすると信濃屋のあとに店を開いた伏見屋が絡《から》んでいるかもしれないと」

「ほんとうかい……」

松五郎はげじげじ眉を動かした。

「たしかなことはいえないが、調べはこれからだ。おれは品川に行かなきゃならねえ」

十内は相手に合わせて口調を変える。

「品川くんだりまで、なにをしに行くっていうんだ」

「気になっている旗本がいてな。ちょいと探りを入れなきゃならねえ。それで服部さんはどうしている？」

「忙しくしてるよ。殺しが起きてな。その下手人探しだ。おれもぼちぼち行かなきゃならねえんだが……」

「だったら、いまのこと伝えてくれ」

「ずいぶんあっさりしたもんだな」

「わかってることがないから、しようがないだろう。それで殺しが起きたってェのはどういうことだ？」

「お徳っていう指物師の女房が、浮気相手に殺されたんだ。だから下手人はその浮気相手だ。茂兵衛っていう大工だが、今日明日にでも召し捕れるはずだ」

「下手人がわかってりゃ、捕まえるのは早いだろう。とにかく、おれはおしづ・米吉殺しを血眼《ちまなこ》になって調べていると、服部さんに伝えてくれ」

「ああ」

　十内は無愛想に返事をした松五郎には、目もくれずに貝杓子店を離れた。つぎに行くのは田安御門《たやすごもん》に近い新道一番町だ。なにを隠そう、実家である。

実家に帰るのは気重であるから、足取りも重くなる。しかし、孫助から聞いた大島藤十郎を調べるには、実家に立ち寄るのがもっとも手っ取り早い。

道には夏の光がちらちらと揺れている。深緑の木の葉も明るい日射しに輝いていたが、十内の目には、周囲の風景はあまりはいってこなかった。

昨夜、やってきた佐吉のことが脳裏にある。あまりいい噂を聞かない妹のことを、心の底から心配している。たった一人の兄妹だから、その心中はわからぬでもないが、果たして自分はどうであろうかと思う。

自分には兄がいる。幼いころは仲のいい兄弟だったが、大人になるにつれ、疎遠になり、このごろは顔を合わせてもあまりいい顔をされない。もっとも十内は意に介さないようにしているが、兄弟仲はよいに越したことはない。

（人に弱味を見せたがらない兄上も、苦労しているのかもしれない）

十内は、兄・伊織《いおり》のことをもっと理解してやるべきではないかと思った。なにより自分は家を飛びだして、自由気ままに生きているのだ。

「うむ……」

声に出してうなった十内は、遠くの空に浮かぶ雲を眺めた。

三

十内の父・主膳《しゅぜん》は、表右筆組頭《おもてゆうひつくみがしら》を務める幕府の重役であった。もし、十内が長男であれば、いまごろは幕臣として身を立てているはずである。

しかし、家督を相続したのは兄の伊織であった。もっとも当然のことではあるが、十内は永年〝部屋住み〟と蔑《さげす》まれる立場にあった。部屋住みとは家督相続権のない者をいい、もし、相続権のある者が病死でもすれば、代わりに跡を継ぐという立場である。大名家だと〝厄介《やっかい》〟と呼ばれる、お控え様である。

しかしながら、十内は部屋住みだった自分のことを卑下《ひげ》などしてはいない。市井《しせい》に飛びだしたのは、親の威を借りずに自立したいという思いがあるからだった。

もちろん、その気になれば、良家と養子縁組をして幕臣となることは可能である。だが、十内にはその気はまったくなかった。また、服部洋之助が十内のことを幕府重役の息子と知れば、おそらく気安くは接しないだろう。急に態度をあらためるはずだ。だが、それも親の威を借りたことになるので、十内は誰にも話さないことにしている。

「これは若様……」

突然の訪問に、中間が驚き顔に嬉しそうな笑みを浮かべた。

「父上はおられるか?」

「殿様でしたら、登城《とじょう》されておられます」

「ならば兄上は……」

十内は兄の伊織を嫌っているわけではないが、いつしか疎遠になり、伊織のほうが距離を置くようになっていた。そのために、最近は苦手意識が強い。

「若殿様でしたら、非番ですから、お休みです」

十内は玄関に目を向けた。兄でもよいだろうと思った。兄の伊織は小十人組《こじゅうにんぐみ》の出世頭といわれている男だった。

「あれ、これは十内ではありませんか。いったい今日はどういった風の吹き回しでしょう。ささ、おあがりなさい。折り入ってあなたにお話があったのです。ちょうどよかったわ」

玄関に入るなり、奥の廊下にいた母・多恵《たえ》が気づいて急ぎ足でやってきた。

「母上、それはあとにしてもらえませんか。急ぎの用があるのです」

「あらまあ、久しぶりに帰ってきたと思ったらつれないことを……よい縁談をまとめようと思っているのですよ」

「兄上はどこです？」

多恵にはかまわずに聞いた。伊織は奥の書院で読書中だという。

十内は自分の訪問がわかるように、わざと足音を立てて廊下を歩き、書院前に来た。書見台を前に座っている伊織が、涼しい顔で十内を見てきいた。

「突然、いかがした」

「兄上に教えてもらいたいことがあったのでまいりました」

「なんだ？　とにかくこれへ」

十内は伊織の前に座った。

「兄上は大島藤十郎という寄合をご存じありませんか？」

「大島藤十郎……」

伊織は目をすがめた。

「もしや書院番頭《しょいんばんがしら》を務めておられた大島様であろうか……」

十内は目をみはった。兄は知っているのだ。

「おそらくそうです。どのような方かお教えいただきたいのですが」

「なにゆえそのようなことを知りたい」

「詳しくはいえませんが、ある人物の将来がかかっているのです。決してやましいことではありません」

十内はまっすぐ兄の目を見た。伊織も見返してくる。

「役目を解かれたのは二年ほど前であったが、お城のなかで何度かお見かけしている。大島様は菊之間詰めであったから、めったに会える人ではなかったが、なかなか貫禄のある方だった。書院番衆にも信の厚い方であったようだが……」

伊織はいいにくいのか、茶を口に運んだ。

「なにかあったのですか？」

「ふむ、重役たちには不人気だったようだ。詳しいことまではわからぬが、吝嗇《りんしょく》だという話を聞いたことがある。よくいえば締まり屋ということだろうが、それもやつかみだったのかもしれぬ」

「では、隠居されているのですね」

「隠居ではなかろうが、まあ同じようなことだ。大島様のあとには、近衛与左衛門《このえよざえもん》様がおなりになっている」

「大島様の住まいは？」

「住まい……愛宕下《あたごした》だったはずだが、いまは品川のほうへ移られたようなことを耳にしたことがある。十内、なにを考えておる」

「いえ、場合によっては会って話をしなければなりません。その際、失礼があってはならないと思い、先に大島様のことを知りたかったのです。なにせ人の将来に関わることとです」

「ふむ。……おまえのやることに口は挟みたくないが、母上はいつも心配されている。少しは話を聞いてやれ。父上は冷たくおまえのことをあしらっておられるが、ほんとうはそうではない。おまえのこれから先のことに胸を痛められているのだ。わたしも心配をしている」

十内は伊織を見つめた。まさかそんなことをいわれるとは思わなかった。

「いつでもよいから、一度ゆっくり両親と話をしてみないか」

伊織はやさしげな眼差《まなざ》しを向けてきた。

「はい、いずれそうしたいと思います」

「無理はするな。おまえは少々粗忽《そこつ》なところがあるからな」

「それはわかっておりますが、重々注意をしておりますゆえ。それでは母上に挨拶をしてまいります。おくつろぎのところをお邪魔しました」

十内はそのまま下がったが、すぐに呼び止められた。

「困っていることがあったら、わたしはいつでもおまえの力になる。遠慮なく申してこい」

思いもよらぬ兄の言葉に、十内は思わず胸を熱くした。

（やはり、兄弟だったな）

と、胸の内でつぶやいた十内は、無言で頭を下げた。

（兄上、ありがとう存じまする）

と、伊織に感謝した。

母・多恵に会っていかなければならないと思いはしたが、先を急がなければならない。十内は多恵に見つからないように屋敷を出た。母に対する後ろめたいものはあったが、どうせ無理な縁談話を持ちかけられることはわかっていた。

（さあ、品川だ）

十内はまっすぐのびる道の遠くに目をやった。

四

「吉弥《きちや》ってのは、ガキのころからの付き合いだといいやすが、近ごろはあまり顔を合わしていないっていいやす」

松五郎は調べてきたことを、あまり期待しないほうがいいという顔で報告した。

「茂兵衛の女房もそういってるのか」

洋之助は十手で肩をたたきながら歩いている。市村座や中村座のある通りで、両側には芝居茶屋が建ち並んでおり、役者めあてに着飾ってきた町女や、看板役者を贔屓にしているお大尽《だいじん》たちの姿があった。他の町とちがい、この通りは華やかだ。

「へえ、まさか吉弥を頼ったりはしないだろうって。ですが、ガキの時分からの付き合いですから気心は知れているはずです」

「まあ、会ってたしかめるだけだ」

洋之助は軽く受け流すような返事をして、中村座の鼠木戸《ねずみきど》に並んでいる客を眺め、ずらりと立てられている幟《のぼり》を見あげた。役者の名を染め抜いた幟は、気持ちよさそうに風にそよいでいる。その色は青や朱、紫に橙《だいだい》など多種多様であった。

「……早乙女は二進《にっち》も三進《さっち》もいかねえ面をしていたんだな」

洋之助は少し遅れてついてくる松五郎を振り返った。

「冴《さ》えねえ面をしていやしたよ」

「伏見屋があやしいといったんだな」

「そんなことをいっておりやした」

「品川に気になっている旗本がいるといったんだな。その旗本が誰であるかは聞いていねえのか？」

「誰だってェのは聞いておりやせん」

チッと、洋之助は舌打ちして、そういうときはしつこくどこの旗本であるか聞いておくんだと、松五郎に注意を与えた。

二人は橘町《たちばなちょう》に向かっているのだった。お徳を殺した下手人とほぼ断定していい茂兵衛の、幼馴染《おさななじ》みが住んでいる長屋がその町にあった。先に小者の弁蔵が行っているので、長屋の表で待っているはずだ。相手が人を殺しているなら気が立っているはずだから、一人で無茶はするなといってある。

浜町堀に架かる千鳥橋《ちどりばし》をわたり、橘町に入った。一町ほど行くと、「旦那、こっちです」と、弁蔵が声をかけてきた。そのままがに股歩きで、脇の長屋の路地に歩いてゆく。

「いたのか?」

洋之助が聞くのへ、

「吉弥はいますが、茂兵衛がいるかどうかはわかりません」

と、弁蔵は答え、そこがそうですと、一軒の家を指ししめした。

棟割長屋だが、二階建てである。腰高障子は半開きで、二階の窓は閉め切られている。

吉弥は居職の三味線屋だった。俗に三絃屋《さんげんや》と呼ばれているが、腰高障子には「御琴　三味線」と書かれている。三味線だけでなく琴の修理もやるからだ。

「邪魔をするぜ」

洋之助が半開きの腰高障子をがらりと開けると、居間で仕事をしていた吉弥がギョッとした顔を向けてきた。洋之助のなりで一目で町方だとわかるからだが、その驚きようは尋常ではなかった。顔色さえ変わったぐらいだ。

「吉弥ってェのはてめえのことだな」

「は、はい」

吉弥は臆した声で返事をした。

「北御番所の服部というが、ここに茂兵衛って大工が立ち寄らなかったか?」

洋之助は蛇のように冷たい目になって、吉弥を見た。それから二階にあがる梯子《はしご》を眺める。吉弥のそばには修理中の三味線や琴、修理道具の鋏《はさみ》や鑿が転がっていた。

「なにを黙っている?」

洋之助は茂兵衛がここに来たなと確信を持った。ゆっくり上がり框に腰をおろすと、後ろ帯に差し戻していた十手を抜いて言葉をついだ。

「咎人を隠すとどうなるか知らねえわけじゃねえだろう。匿《かくま》ったら咎人と同じ罰を受ける。茂兵衛は殺しの下手人かもしれねえ。いや、ほぼやつに違ェねえだろうが、匿ったらおめえさんもこれだ」

洋之助は手刀で自分の首を斬る真似《まね》をした。吉弥は手にしていた錐《きり》を、手から落とした。

「……昨夜、来ました」

「それでいまはどこにいる？」

「それはわかりません。とんでもねえことをしちまったんで、江戸にはいられない。もう生きていけないなどと、泣いて事の顚末《てんまつ》を話しました」

「すると、やつはお徳を殺したといったんだな」

「あ、はい」

洋之助は目を光らせた。

「やつがどこへ行ったかわかるか？」

「あっしに迷惑がかかっちゃ申しわけないのでといって、朝早くここを出ていきましたが、行き先はわかりません」

洋之助はチッと舌打ちをして、視線を彷徨わせた。

すぐに召し捕れると思ったのだが、思いの外手間取ることになった。そのとき、表で騒がしい声がした。

「土左衛門だ、土左衛門が揚がったってよ」

誰かがそんなことをいい触らしている。洋之助は聞かないふりはできない。すぐ表に飛び出した。騒いでいるのは、白股引で木刀を一本差しにしている箒売《ほうき》りだった。

「おい、それはどこで揚がった？」

「あ、これは町方の旦那。薬研堀《やげんぼり》でござんす。なんでも難波橋《なんばばし》のたもとに引っかかっていたといいやす」

洋之助はいやな予感がした。だから、吉弥に声をかけた。

「おい、おまえもついてこい」

そのまま洋之助は薬研堀に小走りで駆けた。もし、茂兵衛だったら自分の手柄はなくなる。身投げしていれば、あとは口書《くちがき》を書くだけの事務処理で一件落着となってしまう。洋之助は茂兵衛でないことを願った。

吉弥の長屋から薬研堀までは、さしたる距離ではない。大川の入口に架かっている橋が難波橋だ。その橋のそばに人がたかっていた。

洋之助は野次馬をかきわけて、揚げられた死体を見た。筵がかけられていたので、それを剝《は》ぎ取った。

「こいつァ誰だ？」

洋之助はまわりの者たちを見た。近くの自身番の書役が、

「これから調べるところです」

という。

洋之助は吉弥を見た。青くなって、まばたきもせず死体を見つめていた。

「吉弥、もしやこいつが茂兵衛か？」

顔面蒼白となっていた吉弥は、洋之助の問いに、一度生つばを呑み込んでから答えた。

「そ、そうです。茂兵衛です」

洋之助は落胆したように肩を落とすと、死体に筵を掛けなおしてため息をついた。

五

駕籠に乗せられたお景が屋敷を出たのは、その日の正午過ぎだった。いったいいままで、どこに屋敷があるのだろうかと疑問に思っていたが、駕籠の簾《すだれ》をめくって

外を見たとき、そこが高台にあったことを知った。駕籠は坂を下っている。その下のずっと先には、青い海が広がっていた。

水平線の向こうに大きな入道雲があり、白い帆を張った漁師舟が何艘も見られた。坂下には街道があり、町屋がある。

お景はそっと簾を下ろすと、自分の手を黙って見つめ、それから目をつむった。

（もう、どうあがいても、どうにもならないのだわ……）

駕籠を担ぐ駕籠かきは、ときどきかけ声をあげた。えいほ、えいほ。しかし、それはときどきで、あとは先棒と後棒を担ぐ男たちの息づかいと、足音しか聞こえなかった。駕籠のまわりには二人の侍がついていた。

やがて平坦《へいたん》な道に出ると、あちこちから呼び込みの声が聞こえてきた。女たちの黄色い声もあれば、男たちのだみ声もあった。外を見ると、行商人や旅人たちの姿があった。そこは広い街道で、商家が建ち並んでいた。旅籠に小間物屋に魚屋に料理屋、古着屋、畳屋、煙草屋、茶問屋……。

表に目を凝らしているうちにわかったことがあった。

（ここは、品川……）

生まれてこの方来た地ではなかったが、そうだとわかった。商家の暖簾や看板に、品川という文字が多い。それに海沿いであるし、街道も広かった。すると、いま駕籠が進んでいるのは東海道だと察することができた。

「芦野様、どこまで行くんです？」

お景は駕籠のなかから伴右衛門に声をかけた。間もなく着くという返事があった。すると、品川より先に行くのではないと、少しだけ安堵した。ひょっとしたら、そのまま東海道を上るのではないかと危惧《きぐ》していたからだった。

駕籠はやがて右に折れ、しばらく行ったところで止められた。ある商家の脇路地で、そこには木戸口があった。駕籠を降りたお景はあたりを見まわして、自分がこれから入る建物を見た。黒板塀をめぐらしてある立派な屋敷ふうの料理屋に見えた。それに近隣の家よりはるかに大きい。

伴右衛門にいざなわれて屋敷内に入った。小さな裏玄関から、うす暗い廊下を進んだ。右へ左へと曲がる。部屋はいくつもあり、中庭があった。その庭には鯉《こい》の泳ぐ池があり、鹿威《ししおど》しが、ときどきコンと音を立てている。つくばいのそばに灯籠《とうろう》があり、枝振りのいい松と紅葉《もみじ》、苔《こけ》の生えた岩とほどよい数の竹があけた空にのびていた。

「つれてまいった」

伴右衛門がそういって障子を開けたところに、一人の年増女が座っていた。四十過ぎの中年だ。化粧をしているが、しわが深く、首の皮膚はたるんでいた。目尻にしわを寄せてお景を見た女は、

「よくぞ来てくれました。待っていたのですよ。ささ、もっとこれへいらっしゃいな。噂どおりの器量よしだね」

と、いってまじまじとお景を見る。

顔だけでなく、爪先《つまさき》から頭のてっぺんまで舐めるように見るのだった。

「女将のかつ江殿だ。これからは、かつ江殿の指図にしたがってもらう」

伴右衛門が紹介すると、かつ江は、目を細めて、

「おかさんとお呼び」

と、やさしげな眼差しを送ってきた。そこへ新たな男が二人入室してきた。お景は一人に見覚えがあった。誰だかすぐには思いだせなかったが、

（伏見屋の旦那の連れだった人だ……）

と思った。話したことはなかったが、二回ほど顔を合わせている。にやついた笑みを口辺にたたえて、いやらしいほど自分を見ていた男だ。その男に、かつ江が声をかけた。

「横田様のお目はやはり高うございます。この子はまちがいがありませんよ」

といった。そのあとで伴右衛門が、

「横田宗兵衛様だ。おまえを見初《みそ》められた方だ」

と、紹介した。いったいなにをやっている人物なのか、お景にはさっぱりわからなかった。だが、怜悧《れいり》な目と色艶のよい肌をしており、長身の体には威厳が備わっていた。もう一人そばに控えている侍は、気色が悪かった。目は剣呑《けんのん》だし痩せた体には、なんともいえぬ危険な空気がまといついていた。身なりも浪人ふうだった。

「お景、ここがおまえの住まいになる。これからは女将のいうことをよく聞いてはたらくことだ。ではよしなに……」

伴右衛門はそういって部屋を出ていった。目つきの悪い男と、横田宗兵衛も間を置かずに出ていった。かつ江と二人きりになると、お景は居心地の悪さを覚えた。

障子越しのあわい光に満たされた部屋には、いかにも高価そうな調度が揃っていた。紫檀《したん》の茶箪笥、桐の着物箪笥、漆塗りの書見台に文机。障子は真新しく、襖の唐紙も高直《こうじき》なものだったし、建物自体が立派だった。梁《はり》も柱も檜《ひのき》だ。

「ちょいと化粧をしてやるから、もそっとこっちへおいで」

かつ江はそういって、化粧道具と手鏡を引きよせ、じっとおとなしくしているお景に、

「ちょいと着物を脱いでおくれ。襦袢《じゅばん》はそのままでいいよ」

と、笑みを向けてくる。

お景は帯をほどき、着物を脱いで、薄絹でできた襦袢一枚になった。それはさっきの屋敷で与えられたものだった。薄い襦袢越しにお景の体の起伏が見える。腰はよくくびれ、乳房はほどよく隆起して形がよかった。脚はすうっとまっすぐのびて、足首と尻は引き締まっている。

「きれいだね」

嬉しそうに微笑んでいうかつ江は、お景を前に座らせて、化粧をしていった。

「瓜実顔にきりっとした眉、鼻筋も通っているし、口の形もいい。肌の色も艶も……わたしも若いころはねえ……羨《うらや》ましいねえ。色白だから化粧映えもするだろう

し、これじゃ黙っていても男が放っておかないね」

かつ江はお景に化粧をしながら、勝手なことを独り言のようにいう。褒められるお景は無言だったが、少しだけ気が楽になった。

「五年なんてあっという間さ。楽しく過ごしていればいいだけのことだよ。でも、あんただったら身請け話が出てくるかもしれない。そうはいっても、千両払える人はいるもんじゃない」

「千両……」

昨日も聞いたことだが、お景はびっくりしたようにつぶやいた。身請けに千両はあまりにも高い。それに、どんな金持ちでも、女郎に千両払う物好きはいないだろう。

「そうさ、この店の子はみな千両。それだけの値打ちのある女ばかりだからね」

かつ江はあとで支度金の百両をわたすが、これからの暮らしに必要なものはそのなかから差っ引くという。

どんなものが引かれるかも説明をした。着物、簞笥、夜具、身のまわりの小物、化粧道具、火鉢に煙草盆、小さいものだと塵紙《ちりがみ》に手拭い、歯磨きの房楊枝《ふさようじ》などとあった。さらに部屋代がかかるという。月二両である。食費も別である。

百両なんてあっという間になくなるのがわかった。

「さあ、見てごらん」

化粧を終えたかつ江が、手鏡を差しだした。お景はそれを手に取って、化粧を施された自分の顔を見た。驚いた。まるで生まれ変わったような美しい自分がそこに映っていた。目をぱちくりして、かつ江を見ると、嬉しそうに笑っている。

「これからは化粧も自分で覚えるんだよ。髷は髪結いがやってくれるけどね」

髪結い代も取られるのだと、お景は思った。

それからかつ江が、パンパンと手をたたくと、一人の老婆がやってきた。部屋に案内するという。お景は老婆に導かれて、また廊下を右へ左へと曲がり、階段を上って二階にあがった。いくつもの部屋が並んでいる。つま弾かれる琴や、三味線の音《ね》が小さく鳴っていた。女の清らかな歌声も漏れ聞こえた。

老婆は女たちの世話役で、わからないことがあったらなんでも聞いてくれという。名をお杉《すぎ》といった。小柄な老婆で、腰が少し曲がっていた。

案内された部屋はがらんとしていた。六畳一間である。隣に四畳半の寝間があった。そちらもがらんとしていた。寝間には床の間があり、丸窓があった。

「今日明日から仕事してもらうわけじゃないから。ゆっくりしているんだよ。とりあえず、入り用のものをあとで聞きにくるから考えておいておくれ」

お杉はそういって部屋を出ていった。

一人になったお景は、ぽつねんと部屋の真ん中に座った。視線をめぐらせて、夜具も行灯も寝間着もいるのだと思った。

そっと窓辺に立ち、障子を開けた。欅《けやき》や楠《くすのき》、楢《なら》などの生える木立があった。鳥たちがさえずり、風が青葉の匂いを運んできた。

(兄さん……)

お景は座り込んで、佐吉のことを思った。

もう兄にはあきらめてもらうしかない。心配してくれているのはわかっているが、こうなったのは自ら招いた自分の軽率さだと思い知っていた。どんな男でもいともたやすく操ることができるという考えは浅はかだった。世間にははるかに自分よりしたたかな人間がいるのだと、打ちのめされていた。

だが、もうそんなことより、兄・佐吉のことを考えた。兄さんはわたしがいなくなれば、内職をしなくてすむ。住み込みではたらけるからその分楽になる。

お景は悪いようには考えず、いいように考えることにした。それがお景の生まれ持った性分だった。

わたしだって五年の年季を勤めあげれば、ちょっとした金持ちになれるはず。いい旦那がついているかもしれない。一生不自由しない暮らしが、先にあるだろう。

(五年……。五年の辛抱なんだわ……)

そう思ったお景は、「よし、この店で一番の女郎になってやろう」と、意志を固めて唇を引き結んだ。

六

品川浦(江戸湾)を左手に見ながら八ツ山を過ぎた十内は、近所の茶店で大島藤十郎の屋敷を訊ねた。ここではわからず、先の小さな青物屋で聞くと、少し先の横町を入って鉄砲坂を上っていけばわかるという。

品川宿は八ツ山のあたりから、南品川の妙国寺《みょうこくじ》門前あたりをさす。北から歩行《かち》新宿・北品川宿・南品川宿の三宿で形成されている。北品川と南品川の境界は、目黒川に架かる境橋（中ノ橋）である。

十内は汗をぬぐいながら鳥屋横町という小路を素通りして、鉄砲坂を上った。桜の名所で有名な御殿山はすぐそばである。坂上は百姓地の畑と雑木林《ぞうきばやし》であったが、大島藤十郎の屋敷と思われる家はすぐにわかった。

海鼠壁《なまこかべ》で取り囲まれた広壮な屋敷だった。一千坪ほどはあろうか。母屋《おもや》の甍《いらか》が夏の光をはじき、鬼瓦《おにがわら》の背後にある白漆喰の影盛《かげもり》が鮮やかだった。塀から松や欅、あるいは竹などがのぞいている。

長屋門もなかなか堂々としており、門扉に打たれた鉄鋲《てつびょう》が闖入者《ちんにゅうしゃ》を阻む威厳を保っていた。ここがそうかと、あたりを見まわして屋敷のまわりをぐるっと歩いてみたが、とくに目に留めるものはなかったし、人の目も感じなければ、人の姿も見なかった。

十内はそのまま街道筋の宿場町に戻った。日本橋品川町の伏見屋の主に収まっている、為次郎の話を聞かなければならない。店は北品川一丁目だと聞いているから、旅籠や小間物屋に立ち寄って、

「銭屋の為次郎だ。女房は二年前に死んで、一人息子は上方に包丁修業に行っているらしい。このあたりだと思うんだがな」

と、同じようなことを訊ねてゆくと、脇路地に店を構えている小料理屋の亭主が知っていた。

「店はいまもありますよ。陣屋横町の先にお稲荷さんがありましてね、その脇をちょいと入ったところがそうです。目立たない店ですが、土地の者は重宝しております。いまは代替わりといいますか、為次郎さんのあとに正三郎《しょうざぶろう》って人がやっています」

陣屋横町は往還《おうかん》から洲崎に向かう脇道だった。突きあたりは目黒川で、対岸の洲崎は漁師町になっている。銭屋はすぐにわかった。間口一間半の小さな店だった。

銭屋は金貨・銀貨を扱う本両替商より、小さな商いである。扱うのは文字どおり銭である。庶民は百文や千文といった小銭が暮らしに便利だ。一両が手許にあっても、大きな商いをするわけではないので、一分や一朱、さらにはもっと細かく緡《さし》に通した五百文とか三百文が使い勝手がいい。銭屋は大金を小金に両替してその手数料を取る。もちろん小金を大金に替えることもする。

十内が店を訪ねると帳場に座って、緡といわれる紺染めの青い麻紐《あさひも》に、一文銭を通す作業をしていた男が、愛想なく「いらっしゃい」といった。

「いくらです？」

と、つっけんどんに聞いてくる。およそ商売口調ではない相手に、十内は眉間にしわを薄く作った。

「聞きてえことがあるんだ」

相手に合わせて口調を変えた。

「なんでしょう」

おまえが正三郎かと聞けば、そうだという。

「すると、為次郎のあとを継いだってわけだ。儲かるかい？」

十内は猿顔の正三郎を見つめた。

「なんです。両替じゃないんですか。……ひょっとして、町方の旦那ですか？」

正三郎は訝るように十内を見た。

「なぜ、町方だと思う？」

「もしやそうではないかと思っただけです。それで聞きたいことってなんです」

「日本橋で高利貸をやっている為次郎は、ここで商売をしていた。知ってるか？」

「あの人のことはよくは知りませんが、うまくやりましたね。銭屋なんて商売はたいして儲かりゃしませんが、高利貸は旨味のある商売です」

「そうだろうな。だが、儲からない商売をしながらも、立派な店を構えた。なかなかできるもんじゃない」

「まったくです」

「やつは評判もいい。ここでの商売も重宝されていたと聞く。だが、高利貸には元手がかかる。金が手許になけりゃ、できる商売じゃない。そうだな」

十内は孫助の話を聞いたときから、疑問に思っていたことを口にした。

「さようで……」

「この店でそれだけの儲けがあったかどうか知らないが……」

十内は狭い店を眺め、正三郎の背後の障子を見た。閉まっている障子の向こうに人の気配がしたからだ。だが、すぐに言葉を継いだ。

「誰か為次郎の後ろ盾がいるんじゃないかと思うんだが、その辺のことを知らないか。噂でもなんでもいい、知ってることを教えてくれないか」

「お侍の旦那、町方でなければ、どんな方です。為次郎さんを探っておられるようですが……」

正三郎は十内に疑いの目を向けてきた。

「おれは町方じゃねえさ。ちょいと人に頼まれて、伏見屋為次郎のことを知りたいだけだ」

「なにか、伏見屋さんであったんでございますか？」

「なにもないが、殺しに関わっているかもしれないと物騒なことを小耳に挟んだから、あれこれ聞いてまわっているんだ」

「穏やかじゃありませんね。しかし、伏見屋さんが殺しだなんて……。為次郎さんはそんなことをするような人じゃありませんよ」

（おやッ）

十内は眉宇をひそめた。正三郎はついいましがた、為次郎のことはよく知らないといったばかりだ。それなのに、殺しをするような人ではないという。

（こやつ、なにか知っているな）

十内はひとつ空咳《からぜき》をして、とぼけ面で質問をつづけた。

「為次郎の人柄を信用して、高利貸の元手を出した人間がいるかもしれねえ。すると、その人間はこの店に出入りしていたか、その人間の仲間がこの店を使っていたということもある。おれはその辺のことを知りたいのだが、おまえさんに心あたりはないだろうか。どんな小さなことでもいい、そんなことを小耳に挟んだことはないかい」

正三郎は用心深い目になって十内を見ると、ゆっくり首を横に振った。

「そんなことは聞いたこともありません。為次郎さんに、じかにお聞きになったほうが早いんじゃありませんか」

「もっともなことだ。だが、おまえさんは為次郎のことはやはり知らないというわけだ」

カマかけだった。

「へえ、なにも知りません」

嘘をいっている。最初は知らないといい、つぎに為次郎は殺しをするような人間ではないといい、そして、今度はなにも知らないといった。十内は遠くを見るように目を細め、正三郎を短く見つめた。

「邪魔をした。他をあたることにしよう」

そういって店を出たが、この店にも探りを入れなければならないと思った。そのまま陣屋横町の通りから東海道に出ようとしたとき、背後に強い視線を感じた。気づかないふりをして、日本橋方面に向かって往還を歩く。

人波を縫いながら半町ほど行って立ち止まり、後ろを振り返った。あやしい人影はない。だが、誰かが尾けてきたのはたしかだった。

そのまま背後に神経を配りながら歩いたが、尾行者がいるかどうかわからなかった。

歩行新宿に入ったところで、先の自身番から出てきた男がいた。手下を二人連れた町奉行所同心だった。これはいいところでいい男に会ったと思った十内は、足を速めた。

第六章　恵比須楼

一

「旦那」

十内の声で、手下を連れた同心が振り返った。五十年配の恰幅《かっぷく》のいい男だった。

「何用だ？」

といった同心は、十内を射るように見てきた。

「拙者は服部洋之助さんの知り合いで、早乙女十内と申します」

「なに、服部の……」

「さようで。服部さんが調べている仕事の手伝いをさせてもらっています」

「ほう、そうであったか。すると、小網町の一件であろうか。それとも指物師の女房殺しのほうか？」

「小網町のほうです。それであれこれ聞きまわっているんですが、この先の陣屋横町にある銭屋はご存じですか？」

「知ってるが……」

「いまは代替わりしておりますが、前にやっていた為次郎という男は、いまは日本橋の品川町で高利貸をやっています」

「あの店は小網町で殺された女の店だったのだな」

洋之助と同じ北町の同心だから情報は入っているようだ。

「為次郎はしがない銭屋でした。それが、いきなり高利貸をはじめたというのがどうにも解《げ》せないのです。なにか為次郎について知っていることはありませんか？」

同心は頑丈そうな顎《あご》をなでて、考える目つきをした。大八車がやってきたので、十内たちは道の端に避《よ》けた。

「為次郎のことは詳しくは知らぬ。やっていたそこの銭屋には何度か行ったことはあるがな。まあ、腰の低い商売人というのが、おれの感じていたことだ」

「裏でなにかやっていたとか、そんなことはどうです？」

「裏というのはよからぬ仲間とのつながりがあったかどうかということだろうが、おれの知るかぎり、そのような噂は聞いておらぬ。近所でも悪い噂は聞いておらぬしな」

これでは埒が明かない。十内は話題を切り替えることにした。

「なにかあったんでしょうか？」

「殺しだ。洲崎の沖で死体が揚がったんだ」

「そりゃあ穏やかじゃありませんね」

「殺されたのはこの近くにある恵比須楼の番頭だった。斬られたあとで、重石をつけて沈められたようだ。下手人はまったくわからぬ。早乙女と申したな」

「はい。旦那は？」

「仁杉又兵衛《にすぎまたべえ》だ。聞き込みをしているようだが、恵比須楼の番頭についてなにか気になることを聞いたら知らせてくれねえか。服部に伝えてもらってもいい」

「承知しました。それで恵比須楼というのは料理屋で……」

「料理屋の体裁を取っているが、やっているのは女郎屋と同じだ。だが、その辺の女郎屋とはちがう。すこぶるつきの女を揃えているし、お代も吉原《よしわら》並だ。客は金持ちばかりでな。おれたちのようなしがない町方が出入りできる店じゃない。殺されたのは伊助という番頭だが、店のほうは寝耳に水だった。勝手に休んで出てこなくなったから心配していたそうだが、まさか殺されていたとは思いもよらなかったといっている」

「恨みかなにかで……」

「わからぬ。ただの物盗りだったのかもしれねえ。いずれにしろ手掛かりがさっぱりなくて困っているんだ」

「そりゃご苦労様です」

「早乙女、なにか聞いたり気づいたことがあれば頼む。それでおめえさん、普段はなにをやってるんだ？　浪人のようだが……」

「橋本町でよろず相談所をやっています」

「よろず相談所……。そりゃまためずらしい商売だ。すると、服部の助というのはその仕事ってわけか」

「そうです」

「だったら、おれのほうも頼む。褒美ははずむ」

「心得ました」

これは仕事が増えたと思った十内だが、そこまで手がまわるかどうかはわからない。

仁杉又兵衛と別れた十内は、話に出た恵比須楼をたしかめることにした。場所は法禅寺の裏だという。

十内は往還から横町に入って、ゆるやかな坂を上った。ずっと上に御殿山がある。善福寺と法禅寺の間の道を抜けると、往還のにぎやかさが嘘のように静かになる。林があり、わずかな畑地があった。畑は耕されておらず、ほったらかされていた。

恵比須楼は黒板塀で囲まれていて、豪壮な二階建ての造りだった。傍《はた》から見ても、これは立派な料亭だとわかる。だが、内実は女郎屋だという。

店は法禅寺の裏ではあるが、少し高台にあるし、二階からは洲崎やその先の海が眺められそうだった。とにかく閑静な場所だ。耳をすましていると鳥の声にまじって、三味線や琴の音が聞こえてきた。

(すこぶるつきの女を揃えている)

仁杉はそういったなと、十内は無精ひげの生えはじめた顎をなでて、恵比須楼を眺めた。木戸口が半分開いており、そこから飛び石が玄関までつづいている。玄関までの両側には庭があり、剪定《せんてい》された木々と灯籠があった。玄関の戸は閉められているが、広い土庇とその上の漆喰壁を見るだけで、贅を凝らしているとわかる。店のなかはさらに豪壮だと察することができた。

十内は、今夜はこの店の様子を窺おうと思い、土地の者が北馬場町《きたばんばちょう》と呼ぶ通りから東海道に出た。往還を眺めわたし、今夜は品川泊まりだと決め、正三郎のやっている銭屋のそばにある見竹屋《みたけや》という小さな旅籠に入った。

部屋に案内をした女中に、恵比須楼のことを訊ねると、

「よくは知りませんが、たいそうなお金持ちが行かれる店です。お大名とか旗本のお侍とか、日本橋や浅草から駕籠でやってくる人もいるようです」

という。

「店の女を見たことはあるか?」

女中は首を横に振ったが、噂では吉原の花魁《おいらん》顔負けの女ばかりだという。

十内の胸の内で、ある想念が広がった。一人になって、お景の似面絵に視線を落として、

（もしや、お景は恵比須楼に……）

と思った。その思いは外れていればよいが、そうであればどうやって店から取り戻せばいいだろうかと考えをめぐらせた。

日はようようと暮れてゆき、品川の町々がゆっくり闇のなかに沈んでゆくと、料理屋や縄暖簾、そして旅籠のあかりが往還を染めていった。

十内は夕餉を終えると、旅籠を出た。正三郎の店を見たが、もう戸締まりがしてありひっそりしていた。そのまま、往還を横切り恵比須楼に向かう。店の様子を窺うだけだが、あまりうろつくと不審がられる。何度か店の前を通りすぎて、近くの木立に入った。木の根方に腰をおろし、煙管に火をつけて様子を窺う。

小半刻ほどしたとき、駕籠が店の前につけられ、大柄な男が店に入っていった。玄関には暖簾が掛けられていて、軒行灯の仄《ほの》あかりがある。玄関の戸が開くと、腰を低くした奉公人が客を丁重に迎え入れた。

客はその後も絶えなかった。歩いてくる者もいれば、二、三人で連れ立って来た者もいたし、やはり駕籠で乗りつける者もあった。遠目ではあるが、身なりのよい者ばかりだったし、駕籠も町駕籠だけでなく、さらに格の高い乗物《のりもの》であったりした。

「おい」

ふいの声に、十内は心底びっくりした。

がさりと足音がして、背後に人の気配があった。さっと振り返ると、三人の男の姿があった。三人とも鯉口を切っていて、ただならぬ空気を身にまとっていた。

「こっちに来い」

一人がそういうなり刀を抜き、十内の首筋にぴたりと刃《やいば》を添えた。

二

「刀に手をやるんじゃない」

叱咤《しった》するように男がいった。十内は恵比須楼の客に気を取られていたせいで、背後の気配にまったく気がつかなかった。不覚をとったと思ったが、あとの祭りだ。

立てと指図されたので、ゆっくり立ちあがった。刀の柄にのばしていた手も下ろした。男たちは三人三様に、口と鼻を頭巾《ずきん》で隠していた。炯々《けいけい》とした眼光を十内に向けている。

「いったいなんだ。おれになにかおもしろい話でもしてくれるというのか」

「ふざけたことを」

首にあてられている刀に、グッと力が入れられたので、

「ちょっと待ってくれ。物騒なことはなしだ」

と、慌てた。

「減らず口をたたく男だ。あっちへ歩け」

顎をしゃくられたので、黙ってしたがった。他の二人も一定の距離を保ってついてくる。

しばらく行ったところに開けたところがあった。竹林がそばにあり、その上に月が浮かんでいる。闇は濃いが、月光がかろうじて足許を見えるように照らしている。

「きさま、何者だ？」

「おれは、ただの浪人だよ。何者でもなんでもない。それより刀をどけてくれないか、しょんべんちびりそうだ」

十内がいうと、いきなり尻を蹴飛ばされた。勢いで前につんのめり、両手をついて振り返った。

三人が間合いを詰めて、取り囲むように立った。木立を抜けて、恵比須楼から清搔きが聞こえてきた。

「この辺を犬のようにうろついて、なにを嗅《か》ぎまわっている？」

さっきの男だった。瘦身だが、異様な光を目に宿している。人を何人も斬った男の目である。しゃべるのはこの男だけだったが、他の二人も危険極まりない匂いを体にまといつけている。

「嗅ぎまわっている……。妙なことをいうな。おれは通りがかっただけだ。ずいぶん立派な店があるので、眺めていたんだが、それがなにか悪いのか」

「てめえは昼間からこの宿場をうろついている」

なるほど、正三郎の店を出たあとで、人の目を感じたが、こいつらだったかと十内は思った。風が吹き抜けてゆき、竹林を揺らした。カサカサと乾いた音が広がった。

「うろついちゃ悪いか。それとも品川見物は御法度《ごはっと》だと勝手なことをいうんじゃないだろうな」

十内は話しながらいつでも立ちあがれるように足を動かし、刀を抜けるように右手を自由にした。

「斬ったほうがいい」

右に立つ男がいった。頭巾で口を塞いでいるので、声はくぐもっていた。

「おいおい冗談じゃないぜ。わけもなく斬られてたまるか」

十内がいったと同時に、右側から刀が振り下ろされてきた。十内はとっさに左へ転がるように跳んで立ちあがった。そのときにはすでに刀を抜いていた。

「やる気か……」

間合いを詰めてくるのは、最初に口を利いた瘦身だ。すでに禍々《まがまが》しい殺気を全身に横溢《おういつ》させていた。十内は下がった。足許の小石や草に足を取られそうになるので、用心深く動かなければならなかった。

瘦身が迅雷の突きを送り込んできた。十内は左に払っておいて、すりあげるように相手の胸を斬りあげたが、それは紙一重でかわされていた。直後、右から袈裟懸けの一刀が襲いかかってきた。十内は刀の棟ではじき返すのが精いっぱいで、相手の刃圏から逃れたが、すぐに一人が間合いを詰めてきた。

逃げてばかりでは斬られてしまう。十内は相手を誘い込んでから、右足を踏み込んで八相の構えから斬り下げた。

「うッ……」

うめきを漏らした男の肩を斬っていたが、浅手だった。だが、男はそのことで大きく下がった。かといって安心している暇はなく、いつの間にか後ろにまわり込んでいた男が、背中に一太刀浴びせてきた。十内は右足を軸にして反転すると、相手の脇腹に突きを見舞ったが、わずかにそれていた。

刹那、もう一人が左から撃ちかかってきた。

(いかん)

十内は身の危険を感じた。男たちは息を合わせて殺人剣を送り込んでくる。ひとつひとつの動きが連動していて、的確に相手を仕留める術《すべ》を知っている。

数人で一人を襲う場合は、仲間内の呼吸が合っていないとうまくいかない。へたをすれば同士討ちになることもある。だが、この男たちはそんなヘマをしない。肩にかすり傷を負った男も、気を取りなおして迫ってくる。

十内はじりじりと下がった。背中を背後の木に打ちつけた。右の男が地を蹴って跳んでくる。月光を弾く剣尖《けんせん》が稲妻のようにのびてくる。さっと、木の後ろにまわってかわした十内は、これ以上の斬り合いを避けるために、さらに木立の奥に下がった。

男たちは執拗《しつよう》に追ってきたが、十内は忍冬《すいかずら》の藪《やぶ》の裏に逃げ込むと、そのまま低い崖《がけ》を滑るように下りて、宿往還に駆けた。

息をあえがせながら後ろを振り返ったが、男たちの追ってくる様子はなかった。

「くそ、どういうやつらなんだ」

毒づいて、額の汗を手の甲でぬぐった。

三

お景は窓辺に寄り添って、星を見ていた。

夜になって店は騒がしくなり、女たちの嬌声《きょうせい》や男たちの笑い声が絶えなくなった。あっちの部屋で琴がつまびかれれば、向こうの部屋からは三味線の音といっしょに清らかな歌声が聞こえてきもした。

廊下を行き来する足音は、お運びの女たちで、料理の上げ下げに忙しいのがわかる。自分と同じ女たちに会いたかったが、お景は誰とも顔を合わせていなかった。ただ、廊下の遠くを歩く女を見かけたが、その姿は妖艶《ようえん》であったし、衣装はきらびやかだった。白粉の塗られた首筋はきれいだったし、裾模様を散らした着物はまぶしいほどだった。

お景にはもう迷いはなかった。兄・佐吉のことはやはり気がかりではあるが、もうどうしようもないことだった。

「お景、邪魔するよ」

入ってきたのは世話役の老婆・お杉だった。

「なにをしているんだい？」

「なにも……」

「こっちにおいでな。夕餉はちゃんと食べただろうね」

お景はお杉の前に行って膝を揃えて座った。

「おいしいご飯でした。あんな料理をいつも食べられるんですか？」

夕餉は貝と海老の刺身に、吸い物、野菜の煮物、香の物と文句のつけようのない料理だった。だが、それもただではない。支度金の百両から差っ引かれるのだ。その百両という金も手にできるわけではなかった。

必要経費を差し引いていくだけだと知り、がっかりした。一目でいいから山吹色をした小判百枚を見たかったのだが、帳面を見せられただけだった。つまり、金は架空のものであって、支度金は自《おの》ずと消えていく仕組みになっているのだ。

「あんたたちは店にとって大事な宝だ。変なものは食べさせられないだろう」

お杉は口許にたくさんしわを寄せて微笑んだ。

「朝もそうなんですか？」

「朝は朝で別の食事になる。それよりいろいろとここには足りない物があるね。なにが足りないか考えてくれたかね」

お杉はがらんとした部屋を見まわしていう。

「簞笥と行李《こうり》がいるような気がします」

お景は考えていたことをいった。

「そりゃあたりまえだよ。冬になれば火鉢も炬燵《こたつ》もいるね。衣桁に文机も。鏡台もなくちゃならない。茶簞笥も入れなきゃね。それに湯吞みや盃《さかずき》、煙草盆、水差し、急須、茶筒、枕は二つ、布団《ふとん》は一組でいいけど、いま敷いているのは明日片付けてもらおう」

「なにもかもですね」

「そりゃそうだよ。あんたは裸一貫で来たんだからね」

「来たんじゃなくて、攫われてきたんです」

お杉の目が一瞬険しくなった。

「そんなことは滅多にいうもんじゃない。あんたはこれから、誰にも真似することのできない贅沢ができるんだ。だけど、まあ、いまはいいさ。おいおいわかってくるだろうからね。それより、ひとつ聞きたいことがあるんだよ」

「あんた、男は知っているかね？」

お杉が小さな目をまっすぐ向けてくる。

お景は長い睫毛を動かして、目をしばたたいた。

「男に抱かれたことはあるのかいって聞いてるんだよ」

いわれたとたん、お景はまっ赤になった。頬がかっかと熱を持ったのがわかった。

お杉がその変化を見て、小さな目を見開いた。

「……あんた、おぼこだったのかい」

「…………」

お景は恥ずかしくなってうつむいた。男をその気にさせたことはあるが、お景にはまだ経験はなかった。

「それじゃ生娘だ。いや、それは大変な宝物だよ。こりゃ最初からいい客がつくこと請け合いだよ。へえ、そうだったのかい……」

お杉はお景をあらためて見るような顔で「そうかい、そうかい」と、一人納得顔でうなずいた。

「わたしはいつからはたらけばいいんです？」

一番気になっていることだった。

「この部屋に揃えるものを揃えたあとだよ。客の前に出るまでに、いろいろと覚えてもらわなきゃならないことがあるからね」

「お客さんに会うのは何日ぐらい先ですか？」

「そうさねえ。早くて五日先ぐらいだろうね。その辺はあんたのおかさんが決めることだからね」

（おかさん……）

お景は胸の内でつぶやいて、女将のかつ江の顔を脳裏に浮かべた。

宿の女中は十内の質問に音をあげて、

「それでしたら手代の梅吉《うめきち》さんに聞かれたほうがよいです」

といって、梅吉を客間に呼んでくれた。

「へえ、あの銭屋のことですか」

梅吉はちんまりした目を見開いて十内を見た。体も小さければ、顔も小作りだった。

「為次郎という男がやっていたのは知っているだろう」

「知るもなにも古い付き合いです。それが、どうしたわけか日本橋に出て店を出すってんですから、あたしゃ驚きましたよ。それも高利貸というじゃありませんか。近所じゃずいぶん溜め込んでいたんだねって、為さんのことをいってるんですが……なにせ高利貸ですからね」

どうやら為次郎が日本橋に出店したことに疑問を持っているようだ。

「高利貸は元手となるそれ相当の金がなければできない商売だ。銭屋は儲かっていたのか？」

いやいやと、梅吉は鼻の前で手を振る。

「大儲けできるような商売じゃありませんよ。為さんの口癖は、しがない銭屋じゃ食うのが精いっぱいだ、でしたよ。そりゃ質素な暮らしでしてね。溜め込むほどの金があったとは誰も思っちゃいませんよ」

「それじゃ誰か元手を貸してくれたとか、あるいは伏見屋の主というのは形だけとか、そんな按配かもしれぬな」

独り言のようにいった十内は、ふむとうなって腕を組んだ。

「お客さん、ひょっとすると、いやいや、そうかもしれませんよ。大きな声じゃいえませんが、雇われ主人というのはあたってるような気がするんです」

梅吉は誰もいない部屋なのに、そこに人がいやしないかという目でまわりを見て、声をひそめた。

「……なにか心あたりでもあるのか？」

「いまの銭屋ですがね、為さんがやっていた店です」

「今日行ってきた」

「評判が悪うございます。いえ、両替に文句をいう者はいないんですが、どうもあの正三郎という主が愛想もよくないし、胡散臭《うさんくさ》いんです。ときどき、柄の悪い浪人が出入りしたりしてね。それに為さんが日本橋の……そのぉ品川町でしたか、そこに店を出す前にも、同じような浪人ふうの侍の出入りがあったんです」

十内は目を細めて梅吉を見た。

「一癖ありそうな浪人が裏にいて……いや、こんなことといっちゃなんですが、あの銭屋はちょぃとねえ」

言葉を継ぐ梅吉は、奥歯に物が挟まったようなことをいう。

「梅吉、おれはかまえて他言しない。気になることがあったら教えてくれ。これは人の生き死にに関わっているのだ」

十内は信濃屋のおしづと米吉、そしてお景のことをざっと話していた。もちろん自分が町方の依頼を受けて調べをしていることも。

「へえ、それじゃ申しますが、為さんは跡を継いでやっている正三郎って男に唆《そそのか》されたんじゃないかと……いえ、たしかな証拠はありませんが、そんなことをいうのは一人二人じゃありませんで……」

十内はジジッと鳴った行灯を見て、先刻自分を襲ってきた三人の男たちのことを考えた。それに、為次郎は伏見屋の主のくせに、番頭に平身低頭していた。雇われ店主というのは大いに考えられることだ。

「……もうようございますか」

梅吉が不安げな目を向けてきた。

「恵比須楼は知っているな」

十内は質問を変えた。

「へえ、品川じゃ知らない者はいませんよ。出来たのは一年半ほど前ですが、貧乏人には縁のないところです。女がいるそうですが、これがたいそう器量がよくて若い子ばかりと申します。知り合いが一度行ったといっておりましたが、料理もいいが、店の造りもいいし、それに酌をしてくれる女がとびきりの美女揃いだといいます。もっともお足は目の玉が飛び出るほどらしいですが……」

「誰がやっているんだ？」

「さあ、それは……」

梅吉は首をかしげる。こっちは明日、町名主にでも聞けばわかることだ。

「女は春もひさぐのだな」

「へへッ、客のめあてはそれしかないでしょう。品川には飯盛りもいますが、月とすっぽんだといいます」

「女たちはどこで雇われているんだ？」

「それもわからないことです。名うての女衒《ぜげん》でもいるんでしょう。なにせあの店の女は、吉原の花魁も顔負けだといいますからね」

十内は壁に張りついた一匹の蛾《が》を見た。

四

正三郎の猿顔は、行灯のあかりに染まっていた。目の前には使いの徳兵衛《とくべえ》が座っており、さっきから渋茶を飲んでいた。

「それで、その侍が来たらどうしろと……」

正三郎は徳兵衛をまっすぐ見た。

「こっそりあとを尾けろとのお指図です」

「店はどうする？　ここは店番をしてくれる者がいないんだ」

「それは知りませんよ。そういうお指図ですから……」

　正三郎は剃り忘れた顎のひげをぴっと引き抜いた。

「斬られそうになったんだったら、もう逃げてるんじゃないのか」

「それがわからないそうで……。明日もこの界隈《かいわい》をうろついているかもしれないと申されますので、用心がいるんでしょう」

「しかし、あの侍、何者だろう？　こんなことなら、うまく聞いておくんだった」

　つぶやくようにいう正三郎は、今日店を訪ねてきた侍のことを脳裏に浮かべた。背の高い男だった。伏見屋のことをあれこれ穿鑿して、為次郎のことを知りたがっていた。だが、町方ではないといったのだ。

「とにかく気をつけろということでしたから……」

「わかった。しかし、もしもということがある。明日の朝、誰かこの店に寄こすようにいってくれないか。あの侍は、どうも気味が悪い」

「それじゃその旨伝えておきます」

　徳兵衛はそのまま裏の勝手口から帰っていった。

正三郎は徳兵衛の足音が消えると、縁側に立った。明るい月夜である。潮の香りを運んでくる風が気持ちよかった。


翌朝、十内は又兵衛という品川の町名主に会って、恵比須楼のことを訊ねた。

「あの店は地借りです。借り主は宗兵衛という方で、富沢町の呉服屋の旦那さんですよ。たいそうな羽振りですな」

又兵衛は、カッカッカと笑った。

「富沢町のなんという呉服屋だ？」

「ちょいとお待ちを……」

又兵衛は腰を上げて、茶箪笥の脇に重ねてある帳簿類から一冊を抜き取り、手につばをつけてぱらぱらとめくった。

「ああ、これだ。横田屋さんです。まちがいのない方ですよ」

恵比須楼の主は、横田屋宗兵衛――。

十内はその名を頭に刻みつけて、名主の家を出た。

相変わらず明るい光が空から照りつけている。昨日につづいての好天であったが、西の空に鼠色をした雲がわいていた。ひょっとすると雨が降るのかもしれない。

天気のことなどどうでもよいが、十内はいったん品川を離れることにした。道端の草に止まっていた糸とんぼが、ふらふらと目の前を横切るように飛んでいった。

大横町の通りから、東海道に出た十内は北に足を向けた。調べなければならないことはたくさんあるが、どこから手をつけていいかわからない。お景の行き先もわからず、おしづ・米吉殺しの手掛かりもまったくない。

疑わしいのは、伏見屋と大島藤十郎という寄合。そして気になるのが恵比須楼と、品川の銭屋・正三郎である。だからといって、彼らにこれといった嫌疑はないのだ。

十内は歩きながら、ある男のことを脳裏に浮かべた。桂木清兵衛という男だ。信濃屋にいちゃもんをつけ、いまは伏見屋の取り立てをやっている。

（あいつを責めてみるか……）

少々手荒なこともこの際しかたないかもしれない。

足を急がせたので、小網町にある松五郎の煙草屋に着いたのは、朝五つ（午前八時）過ぎだった。

「これは早乙女さん、探していたんですよ」

十内の顔を見るなり、店番をしている今助が出目面を向けてきた。

「なにかあったのか?」

「へえ、それが服部の旦那が探していた下手人が土左衛門で揚がったんです」

一瞬誰のことをいっているのかわからなかったので、十内は目を泳がせて、指物師の女房を殺した大工のことだと思い至った。

「それでそっちの用がなくなったんで、早乙女さんの調べがどこまで進んでいるか服部の旦那が知りたがっておりましてね」

「そうか……。それで服部さんはどこだ?」

「松五郎の親分が迎えに行っているところです。今日も見廻りらしいですが、早乙女さんが見えたら会えるように段取りをつけておけってことで……どういたしやす」

十内はなにやら一雨来そうな空を見てから答えた。

「伏見屋の前にそば屋がある。昼ごろその店に行っている」

「それじゃそう伝えておきます」

十内はそのまま富沢町に向かった。

横田屋という呉服屋を調べるためだが、富沢町を歩きまわっても、横田屋という呉服屋はない。あったとしても小さな店で、それも横田屋という名ではなかった。

（どうなっているんだ……）

十内は途方に暮れたように、町屋の辻《つじ》に立って左右を見た。そのとき、ぽつんと頰をたたくものがあった。ついに雨が降りはじめた。

商家の庇の下に逃げ込んで、しばらく雨宿りをした。雨の勢いは強いが、通り雨だとわかる。空の一角には晴れ間が見えるし、雲の流れも速い。

案の定、小半刻もせずに雨はやんだ。一雨去った地面が黒くなっていて、朝顔の蔓《つる》と葉がしっとり濡れていた。

時間をつぶし、伏見屋前のそば屋に入ったのは、正午より少し早い時間だった。先にそばを注文して食べていると、伏見屋から出てきた男がいた。

桂木清兵衛だった。表に立つと、襟を二本の指でただして一方に歩き去った。取り立てに行くのだろう。今日中にあの男と膝詰めで話をしなければならない。

ずるっと、たっぷり汁《つゆ》をつけたそばをすすり込んで、町の角に消えていった清兵衛を見送った。それからほどなくして、服部洋之助と松五郎が店にやってきた。

「よお、早乙女ちゃん。なんだかえらいことがわかったぜ」

嬉々《きき》とした表情の洋之助を見た十内は、目を光らせた。

五

「わかったことってなんです？」

十内は口をぬぐって聞いた。

「その前におれたちもそばをもらおう。おい、二枚くれるか」

洋之助はそばを注文してから、顔を戻した。十手を出して、いつものように肩たたきをする。

「信濃屋にいた手代の次郎太って男は知ってるだろう。早乙女ちゃんが会ったあとで、おれもまた、次郎太に話を聞いてな。なんでも殺された米吉は帳簿を手に入れたそうじゃないか」

洋之助もやることはやっているのだと、十内は心中で思った。

「それを種にして意趣返しをするようなことを、米吉がいったらしいんだな。そうだな。おめえさんも聞いてるだろう」

「聞いてるだろう」

　松五郎が付け足す。おめえは黙ってろと、洋之助に一喝されると、松五郎は首をすくめて黙り込んだ。

「聞いてるが、どこのどんな帳簿かはわからない」

「察しはついてるんじゃねえか」

「まあ……」

「そうさ、あの金貸しを生業にしてる伏見屋だ。あの店はあやしい。すこぶるあやしい。それでおめえさんも気がついてることがあるはずだ。それとも、なにか探りだしたか？」

　洋之助はこのときばかりは町方の目になって鋭い視線を送ってくる。

「探りたいが、なにもわかったことはない」

「かーッ、早乙女ちゃんともあろう男が、まだなにもつかんでねえっていうのか……」

　さもがっかりしたように、洋之助は首を振ったが、すぐに真顔に戻った。

「品川に行っていたようだが、そっちはどうだった？」

「ちょいと危ない目にあったりしたが、下手人の手掛かりはつかめずじまいだ」

「危ない目にあったというのはどういうことだ。いいから話せ」

十内は品川で調べたことをかいつまんで話した。その間、洋之助は黙って聞いていた。そばが届けられ、それにも手をつける。

「なんだ、それじゃなにもわからずじまいじゃねえか。おい、早乙女ちゃん、なにもわからなければ、前金も返してもらわなきゃならねえぞ。えっ、ただ飯を食わせるために大金を払ったんじゃねえからな」

洋之助はそういってずるずるとそばをすすり、ぼやくようなことを口にした。

「女房殺しの下手人を追っていたら、その野郎は川に飛び込んじまって、お陀仏《だぶつ》だ。手柄もなにもありゃしねえ。こうなったらなにがなんでもおしづ・米吉殺しは片づけなきゃならねえ」

「伏見屋のことでわかっていることはないのか？」

十内はそばをすする洋之助を見る。

「わかっていることはあまりねえな。店の主は為次郎。番頭が宗兵衛、他に奉公人が二人いるだけだ。取り立てに雇われている浪人が一人だ」

「その取り立て役は桂木清兵衛だろう」

「……知ってるのか？」

洋之助がそば猪口《ちょこ》から顔をあげて、口の端についたそばの切れ端をつまんで口に入れた。

「信濃屋にいちゃもんをつけた浪人だと聞いた。それが、伏見屋で取り立てをやっているから、ひょっとすると伏見屋が店を出すために仕組んだのかもしれない。だが、主の為次郎の評判は品川じゃ悪くない……」

十内はそこまでいって、はたと気づいた。

「番頭の名は宗兵衛といったな」

「ああ、そうだ」

十内は目を光らせた。恵比須楼の主も宗兵衛である。しかも、富沢町で横田屋という呉服屋をやっている男だ。しかし、そんな店は存在しなかった。そのことを話すと、洋之助は真剣な表情になった。

「横田屋宗兵衛……伏見屋の番頭が宗兵衛、そして品川の恵比寿楼の店主が宗兵衛

「……」

つぶやくようにいう十内に、洋之助も、

「こりゃあ、おかしいな」

と、塵紙で口をぬぐってつづけた。

「こうなったら徹底して伏見屋に探りを入れるんだ。早乙女ちゃん、おめえさんはもう一度品川に行って、その銭屋をやっている正三郎の正体を暴くんだ」

「暴くんだぜ」

松五郎が挑むような視線を向けて繰り返す。十内は無視する。

そば屋を出ると、十内と洋之助たちは右と左に別れた。

十内は歩きながら考えた。もし、宗兵衛が恵比須楼の店主と伏見屋の番頭と同一人物なら、伏見屋の為次郎と宗兵衛は六ツ川に行っている。そのとき宗兵衛はどこか蓮っ葉《はすっぱ》な感じはするが、仕込めばいい女になると算盤を弾き、恵比須楼の女郎に仕立てるためにお景を攫った。

その推量があたっていれば、お景は恵比須楼にいるということになる。そこで気になるのが、孫助の話だ。伏見屋の番頭・宗兵衛は寄合の大島藤十郎の屋敷に出入りしている。

なぜ、大旗本の屋敷に一介の町の商人が出入りするのだ？　ひょっとすると、宗兵衛と大島藤十郎が裏でつながっていれば……。

大島藤十郎は五千石取りの旗本だ。それ相応の金も持っているだろう。もしくは宗兵衛の後ろ盾になっているだけか……。

とにかく十内は、桂木清兵衛から話を聞くのが先だと決めた。

その桂木清兵衛を見たのは、その日の暮れ方だった。取り立てに行くらしく、伏見屋の表に姿を現したのだ。使うのは裏の勝手口だけではないようだ。そのときの気分次第なのかもしれない。

十内はあとを尾けた。清兵衛の足取りはゆっくりしていた。瀬戸物町を抜け、伊勢町堀に架かる道浄橋《どうじょうばし》をわたった。訪ねたのは堀留町にある清水屋《しみずや》という煙草問屋だった。

表からは訪ねず、裏木戸から店のなかに消え、小半刻もせずにまた表に出てきた。取り立てかなにか知らないが、うまくいったという顔をしていた。

清兵衛は帰りは別の道を選んだ。杉森《すぎのもり》稲荷の脇道に入ったのだ。おそらく万橋をわたって伏見屋に帰るつもりなのだろう。夕暮れの空には名残の光があるだけだった。

十内は足を速めると、一気に距離を詰めて清兵衛に声をかけようとしたが、その寸前に背後に殺気を感じて振り返った。と、いきなり閃く白刃が襲いかかってきた。

六

十内はとっさにかわして、抜きざまの一刀を相手の脾腹《ひばら》めがけて振り抜いたが、紙一重のところでかわされた。男は痩身で、背が高かった。五尺八寸の十内と変わらない。

吊りあがった眦《まなじり》の目は鋭く、殺意の色をにじませている。八相からゆっくり地摺《じす》り下段の構えに入り、間合いを詰めてきた。

「なにやつだ?」

十内は青眼から脇構えに変えて問うた。

「きさまこそ……清水屋に雇われたか」

「なに……」

十内は眉宇をひそめた。その瞬間、相手が足許からすくいあげるように斬り込んできた。十内は横に払って、すぐさま相手の肩をめがけて撃ち込んだが、はじき返された。

「逃げろッ！」

相手は清兵衛に命じた。命じられた清兵衛は鯉口を切ったまま躊躇っていたが、そのまま背を向けて駆け去った。

十内は目の前の敵を倒さなければならない。しかし、なまなかな腕ではない。すでにあたりには夕靄《ゆうもや》が立ち込めている。人通りの少ない場所ではあるが、まったく人が通らないわけではない。現に、数人の男たちが斬り合っている二人を遠目に見ていた。

十内は突きを送り込んできた相手の太刀を、左へ流すようにかわすなり、肩をめがけて撃ち込んだ。体勢を崩していた相手はとっさの判断で、刀を左手一本に持ち替えて受け止めようとしたが、わずかに間に合わなかった。

十内の刀の切っ先が肩先に届いていたのだ。しかし、それはかすり傷を負わせた程度だった。

「くそッ」

男は傷を庇《かば》ってすすっと下がり、

「きさまの顔覚えておく」

と、吐き捨て背を向けた。

「おれもだ」

十内が応じ返したとき、男はさらに離れ、くるりと背を向けると駆け去っていった。

刀を鞘に納めた十内は、遠巻きに見ていた男たちに一瞥《いちべつ》をくれると、そのまま来た道を引き返した。訪ねるのは清兵衛が訪ねた清水屋である。

さっきの男は、清水屋に雇われたかといった。つまり、取り立ての清兵衛を嫌って、清水屋がひそかに刺客を頼んでいたと考えたのかもしれない。また、そのことを危惧したさっきの男は、清水屋のそばで張り込みをしていたと考えられる。

十内は清兵衛を伏見屋から尾行したが、自分の背後から尾けてくる男の気配は感じていなかったし、背後には十分警戒をしていたのだ。やはり、さっきの痩身の吊り目は、清水屋のそばに張り込んでいたのだ。

「大事なことだ。他には漏らさぬ。ありていに申してくれ」

清水屋を訪ねた十内は、自分はある殺しの下手人を探している町方の手先であるといって、桂木清兵衛がなにをしに来たかを訊ねた。

帳場にいた清水屋の主と番頭は、互いの顔を見合わせ、苦り切った顔をしたが、

「そういうことでしたら、申さなければならないでしょうが、なにせ手前どもにとっては外聞の悪いことでして……」

と、主のほうが後頭部をかく。

「他言はせぬ」

「その、急な入り用がありまして、店の金では間に合わずに伏見屋さんで用立てたのですが、今度は手前どもの掛け取りがうまくできずに、返済を待ってもらっているんでございます。先ほども催促に見えましたが、事情《わけ》を話してもう少し待ってもらうように頼んだところです。利息は高くなってしまいますが、しかたのないことでして……」

「いくら用立てたのだ?」

「……その百三十両ほどでございます」

清水屋の主は蚊の鳴くような声で答えた。よほど回転資金に困っていると見える。

「殺しとおっしゃいましたが、伏見屋さんになにか？」

「そういうわけではないが、このことは他言無用だ。むろん、この店のことも漏らしはせぬ」

十内はそのまま清水屋を出た。桂木清兵衛は取り立てと返済の催促を仕事にしているようだ。しかし、その清兵衛を警護するような用心棒がいるとは思わなかった。

いずれ、清兵衛かさっきの男とはもう一度会うことになるはずだ。十内は宵闇を濃くした町を歩きながら、あることに思い至っていた。これは先に調べなければならないことだったが、不覚だった。それでも、その不覚に気づいたからには、早速手をつけなければならない。

足を急がせて向かった先は、信濃屋の女主だったおしづの母親の家である。住まいは伏見屋からほどない、本小田原町にあった。

おしづの母・お友《とも》は、夫が他界しているので使用人と二人暮らしであった。店を失い、ついで大事な一人娘を失ったばかりだから、見るからに憔悴《しょうすい》していた。

「おしづの持ち物でございましたら、この家に移してありますが、たいしたものはございません」

お友はか弱い声で答える。

「なんでもいい。下手人につながるものがあるかもしれぬ。見せてもらいたいのだ」

「そういうことでしたらご遠慮なく。でも、遺品と申しましても、ごくわずかなものしかありません」

それは風呂敷包みになっていた。量も多くなく、まだほどかれた形跡もなかった。風呂敷を広げると、櫛や笄、簪、帯、手鏡といった女にとって大事な身のまわり品がほとんどだった。しかし、そのなかに綴《と》じられた帳面があった。開いてみると、それは日記だとわかった。毎日つけられてはいない。日付はとびとびで、思いついたときに記していたようだ。

十内は出された茶に口をつけながら、流し読みをしていった。店のことや近所で起きた小火《ぼや》騒ぎなどが書かれていたが、十内が目を留めたのは、新蔵のことが書かれていたことである。

それは折々に書かれていて、あからさまではないが、ひそかに新蔵の帰りを心待ちにしていることがわかった。

元信濃屋の手代で、いまは紅問屋の長崎屋に勤めている次郎太の話は嘘ではなかったと、これで証明された。おしづは新蔵に気があったのだ。つまり、二人はあからさまな付き合いはしていなかったが、互いに心を通い合わせていたのだ。

それからつぎに目を留めたのが、信濃屋への悪評やいやがらせが起きたころの日記であった。店にはなんの過失もなければ、人に咎め立てされる商品も置いていない。それなのに店に悪意が向けられるのは、意図したものが窺えるとある。

『父の困り果てた顔をしばしば見るようになったけれど、よくよく考えてみれば、横田様とのお付き合いがはじまってからのような気がする。大名家や公儀の御用達にそれほどまでにして父はなりたいのだろうか。横田様にはそれでなんの得があるのだろうか。わたしにはわからないこと……』

十内はその一文を長々と見つめた。

またもや「横田」という名が出てきた。恵比須楼の主は横田屋宗兵衛であった。そして伏見屋の番頭も宗兵衛……。

おしづが日記に書いた横田と、その二人は同一人物であろう。壁の一点を凝視した十内は、ぱたりと日記を閉じると、

「おかみ、下手人はじきに召し捕ってみせる。おしづ殿の恨みを晴らす日は近いぞ」

と、目を輝かせて差料を引きよせた。

第七章　帳簿

一

「覚えているな」

十内は伊豆屋の番頭・松兵衛を見つめた。元信濃屋の番頭だ。

「へえ、旦那さんと何度かお目にかかっておりますので……」

「しかと覚えているか？」

「はっきりと覚えていると申せば嘘になりましょうが、会えばわかります」

十内は宙に目を据えて、しばらく考えた。そこは松兵衛の家の居間で、女房が二人のやり取りを訝しげに見守っていた。

十内は伏見屋の見張りに松兵衛を同席させたいが、勤めがあるからままならないだろうと考えた。ならば似面絵を作るしかない。その絵を持って、もう一度六ツ川に行って訊ねるのも一考である。

「よし、松兵衛。おしづの仇《かたき》を討つためだと思っておれに付き合ってくれ。なに、遅くはならぬ。おかみ、亭主を借りるぞ」

そういった十内は松兵衛を急《せ》かせて、絵師の狩野祐斎宅へ向かった。すでに夜の帳《とばり》は下りており、江戸の町は暗い闇に抱かれていた。もっとも皓々《こうこう》とした月が、雲に隠れたり現れたりしてはいたが。

「なに、今度は男の似面絵をとな……」

祐斎は酒をきこしめしていたらしく、頰を赤くさせ、とろんとした目をしていた。

「大事な急ぎの用があるんです。一枚でいいですから、さらさらっと描いてくれませんか」

十内は身を乗りだして頼み込む。

祐斎はせっかくの酒の酔いが逃げてしまうなどと、愚痴《ぐち》りながらも、

「そなたはお夕の知り合いであるからな。まあ、やってやろう」

と、絵筆と硯箱《すずりばこ》を手許に引きよせ、画仙紙を膝の前に置いた。

松兵衛が思いだしながら横田宗兵衛の顔の特徴を口にしてゆくと、筆を持つ祐斎の手が生き物のように動き、線が引かれてゆく。

十内は出来上がりつつある絵を見て、やはり、こやつは伏見屋の番頭だと確信した。しかし、そんな男がなぜ、信濃屋に公儀御用達や大名家の御用達話などを持ちかけたのだろうか。仲介をするとなれば、それなりの身分がなければ無理な話だ。一介の町の商人にできることではない。

（もしや……）

心中でつぶやく十内は、横田宗兵衛が出入りしていた寄合旗本の、大島藤十郎の屋敷を思い出した。大島は寄合といってもそれなりの身分である。幕閣にも顔が利くはずだし、諸侯にも顔が知られているだろう。

横田宗兵衛は大島藤十郎を頼みにして、そんな話を信濃屋に持ちかけたのか……。だが、その意図がわからない。松兵衛も、故人となったおしづの父・信濃屋周右衛門が公儀御用達や大名家の御用達に旨味を感じているとは思わなかったといった。

しかし、周右衛門は宗兵衛の話を聞くうちに、「御用達」という権威がほしくなったのかもしれない。なにより、店に箔《はく》がつくのはたしかなことだ。

絵が出来上がった。

「先生、これで十分だ」

松兵衛より先に十内がいったが、松兵衛もよく似ているると感心顔をしていた。

「先生、それでお代のほうだが、少し待ってくれないか。ちょいと手許不如意でな」

「なに……」

祐斎はいきなり顔をしかめた。

「約束は守る。二、三日内に必ず払う。頼む、このとおりだ」

十内が拝むように両手を合わせると、祐斎は大きなため息をついて「しょうがない」と折れてくれた。

十内は祐斎の家を出ると、横田宗兵衛の似面絵を持って六ツ川を訪ねた。楽しげな声と三味線の音がしていた。剽軽な幇間《ほうかん》が芸をしている声も聞かれた。

仲居頭のお蔦に会うと、早速、横田宗兵衛の似面絵を見せた。

「伏見屋といっしょに来た客だと思うが、見覚えはないか？」

ためつすがめつ絵を眺めたお蔦は、こんな人が連れにいたような気がするといった。これでは不十分である。具合よくお景を嫌っていた仲居のお鶴がそばを通りがかったので、急いで呼び止めて、似面絵を見せた。

「伏見屋といっしょに来たことのある客かもしれないが、覚えていないか?」

お鶴は絵をちらりと見ただけで、背の高い十内を見あげた。

「この人とそっくりの人がいました。伏見屋の旦那様より偉そうにしていたので、よく覚えています」

十内は「よしッ」という思いで、拳を握りしめた。

品川の恵比須楼は横田宗兵衛の店で、また伏見屋も宗兵衛の指図で開店したのだ。店主には為次郎が収まっているが、それは形式だけのことにちがいない。

六ツ川を出た十内は、今度は伏見屋に向かった。

(飯も食わずにご苦労なことだ)

と、自分のはたらきぶりに感心し、あきれてもいた。だが、こういったことはのろのろしていると、相手に逃げられそうである。やっと、霧のなかに隠れていたものが、うすぼんやりと見えてきたのだ。

伏見屋のある通りは静かであった。見張り場に使ったそば屋も茶屋も店を閉めていたし、伏見屋も表戸をかたく閉めていた。

（裏口だろう……）

十内は自分の勘に賭《か》けることにした。夕刻、清水屋に借金返済の催促に行った桂木清兵衛は、十内に尾行され、さらに十内は清兵衛の用心棒と思える男と剣を交えている。伏見屋は当然警戒しているはずである。

しかし、十内の目的はわかっていないはずだ。そうはいっても気味悪がり、今後のことをあれこれ相談しているかもしれない。現に伏見屋の雨戸の隙間からは、あかりがこぼれている。

十内は暗がりに身をひそめて伏見屋の裏木戸を見張りつづけた。宵五つ（午後八時）の鐘を聞いたのは、六ツ川を出てすぐだったから、おそらく五つ半ぐらいだろう。

グウと腹の虫が鳴った。十内はその腹をさすって、

「おしおし、いまにうまいものをたっぷり食わせてやるから、もう少しの辛抱だ」

と、我が空きっ腹に話しかける。

そのとき、裏木戸がコトコトと音を立てて開き、一人の男が出てきた。十内は目を凝らした。桂木清兵衛だった。

清兵衛は十内の前をまったく気づく素振りもなく通りすぎていった。十内は背後に注意の目を配り、それから清兵衛のあとを追った。

追いついたのは室町三丁目の表通りから、伊勢町堀の堀留に突きあたる浮世《うきよ》小路《こうじ》と呼ばれる横町だった。小さな居酒屋が数軒あるだけで、人通りは少ない。

「待ちな」

十内の声に清兵衛はビクッと肩を動かして、立ち止まった。

二

「おっと、待った」

十内は刀を抜こうとした清兵衛の腕を、すかさずつかんだ。ツボを指で押さえたので、清兵衛の腕には力が入らない。痛そうに顔をゆがめ、

「何用だ?」

と、肩肘張《かたひじは》ったことをいう。

「おまえさんに大事なことをあれこれ教えてもらいたくてな。なに、手荒なことをしようってんじゃない。そっちへ行くんだ。大声を出すんじゃないぜ。おれは人食いじゃないからな」

十内はにかっと笑ってみせるが、目は厳しいままだ。

「てめえ、何もんだ？」

「まあ、それはあとのお楽しみだ。さっさと歩くんだ。刀は物騒だからちょいと預からせてもらうぜ」

十内は清兵衛の利き腕を押さえたまま、片手で腰の刀を抜き取り、自分の腰に差した。

連れ込んだのは稲荷社である。狭い境内に祭られたお稲荷様の社《やしろ》に点《とも》されている灯明《とうみょう》が、ふらふらと風に揺れていた。

十内は清兵衛を石段に突き飛ばすと、今度は目にも止まらぬ早業《はやわざ》で、清兵衛の首に抜いた刀をあてがった。

「騒げばおれはあっさり首を刎ねる。腹が減って、さっきから気が立ってるんだ。

これからいうことに素直に答えてくれりゃ、生きて帰れるだろうが、へたなことをいえば、容赦なくおまえの命をもらうことにする」

十内は自分の鼻と清兵衛の鼻がくっつきそうなぐらいに顔を近づけて、低く穏やかな口調で脅した。清兵衛は顔を凍りつかせ、まばたきもしない。

「な、なにを聞きたいんだ」

と、声をふるわせもする。

「宗兵衛って番頭だが、あれは品川の恵比須楼の店主だな」

「そんなの知らねえよ」

「斬るぜ」

十内は柄を持つ手にじわりと力を入れる。清兵衛の首筋に刃が食い込みそうになる。灯明のあかりを受けた清兵衛の顔から、血の気が引いた。

「そんなこと聞いてどうする?」

「いえ」

「……そ、そうだ」

「大島藤十郎という旗本は知っているか?」

「名は聞いたことあるがよくは知らねえ。ほんとだ。嘘じゃない」

「おまえがいうことはことごとくあとで調べることになる。死にたくなかったら、そのことをよく考えて答えるんだ」

「わ、わかった。わかったから刀をどうにかしてくれ、これじゃうまくしゃべることができねえ」

「そうかい」

十内はいうが早いか、刀をさっと引いたと思ったら、その切っ先を清兵衛の土手っ腹に突きつけた。こっちのほうが刺すだけですむからいいなと、ほくそ笑む。清兵衛は生つばを呑み込んだ。

「腹を刺されると痛いぜ。どれだけ痛いか試されたくなかったら、正直に答えろ。大島藤十郎を知っているな」

「会ったことはねえが、品川の殿様だというのは知っている」

「宗兵衛とはどういう間柄だ？」

「宗兵衛さんは大島様の用人《ようにん》だ」

「なに……」

十内は眉間にしわを深く刻んだ。すると、大島藤十郎が背後で宗兵衛を操っているのかもしれない。

「今日おれに襲いかかってきた男だが、やつは何もんだ？　おまえと同じ伏見屋の取り立て屋か？」

「ち、ちがう、あの人は恵比須楼の用心棒だ。今日はたまたまこっちに来たから、おれの仕事に付き合ってくれたんだ」

するると、十内はあの用心棒にずっと尾けられていたということだ。まったく気づかなかった。これは不覚を取ったと思ったが、もうそのことは忘れることにした。

「やつの名は？」

「す、菅谷千太郎。あんた、どういうつもりでそんなことを聞くんだよ」

「信濃屋のおしづと手代が殺されている。おれはその下手人を探している」

清兵衛は目を見開いた。

「あんた、町方なのか？」

十内は片頬に笑みを浮かべて、ふふと笑ってやった。

そのとき酔っぱらいの声が近づいてきた。二人連れらしく、互いに笑いあい、あの亭主の面を見たか、鳩が豆鉄砲食らったような顔をしていたなどといって、また高笑いをした。

「騒ぐな。へたに声を出したら、このまま刺す」

十内に脅された清兵衛は、自分の腹に突きつけられている刀を、まばたきもせずに見た。

酔っぱらいは近くまで来たが、別方向に行ったらしく、足音が遠ざかった。

「恵比須楼のことは知っているか？」

「し、知らねえ。話は聞いているが行ったことはねえ」

「誰から恵比須楼の話を聞いた？」

「宗兵衛さんと、ときどきやってくる品川の者たちからだ」

「品川の者っていうのは、どんなやつらだ？　隠し立てしても無駄だ。ここまでしゃべったおまえは裏切り者と同じだ。品川の者というのはどういうやつらだ」

「よくはわからねえが、恵比須楼の用心棒を務めている浪人だ」

「何人ぐらいいる？」

「おれが知ってるのは五人だ」

十内は恵比須楼のそばで襲ってきたのは、その中の三人だったのかもしれないと思った。

恵比須楼についてさらに突っ込んだことを聞いたが、清兵衛はほんとうに知らないようだ。小股の切れ上がった若い酌婦ばかりがいるというから一度拝んでみたいと、自分の願望を話したに過ぎなかった。

「六ツ川という柳橋の料亭は知っているか？」

「なんだ、そりゃ……。初めて聞く店だ」

「伏見屋の為次郎と宗兵衛が何度か通っている店だ。他にもう一人いたはずだ」

「だったら芦野さんだろ……」

そこまでいって清兵衛は、口を滑らしてしまったという目をした。

「芦野というのは何者だ？　いえ」

十内は刀を少し押した。切っ先が清兵衛の着物に突き刺さり、わずかに皮膚に届いたようだ。清兵衛の額に浮かぶ汗が、頬にたれた。

「品川の殿様の家来だ」

大島藤十郎の家来ということだから、横田宗兵衛の配下の者になる。

「お景という名に覚えはないか？」

「お景……。そりゃ、誰だ？」

清兵衛はほんとうに知らないという顔をした。

「知らなきゃいい。それじゃ、もうひとつ訊ねる。信濃屋のおしづと米吉を殺したやつに心あたりはないか？　おまえはさんざん信濃屋にいちゃもんつけていたらしいが、へたすりゃおまえの仕業ってことで片をつけてもいい」

十内の脅しに清兵衛は慌てた。

「じょ、冗談じゃない。おれはやっちゃいない。やったのは、そ、それは……」

清兵衛は喉仏を動かして、生つばを呑み込んだ。ゴクッと音がしたほどだ。

「なんだ？　いえ、いうんだ」

「た、多分。……おい、もう堪忍してくれ、こんなことといったらおれはもう生きちゃいられなくなる」

清兵衛は急に気弱な顔になって泣き言をいった。

「もう遅い」

「……おれがいったといわねえでくれ。おれは伏見屋の取り立てをやっているだけだ。なにも知らないんだ」

「いいからいえ」

十内は強くにらんだ。

「宗兵衛さんが連れてきた菅谷さんだと思う。だが、ほんとのことは知らねえ。そんな気がするだけだ」

菅谷千太郎。夕方、自分を襲った男だ。十内はあらためて菅谷の顔を思い浮かべた。

「いま伏見屋には誰がいる?」

「どうしようってんだ?」

「教えろ」

「為次郎の旦那と若い使用人だけだと思う」

十内は目を光らせた。二人だけなら造作《ぞうさ》ない。

「桂木清兵衛、よくしゃべってくれた」

「こ、殺さないでくれ。や、やめ……」

声が途切れたのは、十内が片手の拳を鳩尾《みぞおち》に突き入れたからだった。

三

気絶している清兵衛を担いだまま、松五郎の家の戸をがらりと開くと、片膝を立て今助相手に酒を飲んでいた松五郎が、ギョッとした顔を振り向けてきた。

「なんだ、いきなり」

いつものように松五郎は牙《きば》を剝くが、気絶している清兵衛をどさりと居間におろすと、

「なんだこいつァ」

と、十内を見た。今助も突然のことに呆気《あっけ》に取られた顔をしていた。

「こいつは伏見屋の取り立て屋だ。おれはこいつの仲間に斬られそうになった。それはいいとしても、なぜ信濃屋がつぶれたか、そのことをあれこれ知っているはずだ。目が覚めたら、そのことを聞いておけ。おしづ・米吉殺しの件もなにか知っていそうだ。聞くこと聞いたら明日、服部さんに引き渡せ」

「こいつをここに置いておくっていうのか？」

「手土産だ。なにかしらわかるはずだ。逃げられないように縛っておいたほうがいいだろう。頼んだぜ」

「おい、ちょっと待て、おめえはどこへ行くんだ？」

「おれはまだ仕事が残っている」

十内はそのまま松五郎の家を出た。家のなかから「おい、待て」という声が追いかけてきたが、十内はかまわなかった。

松五郎の家から伏見屋までは造作ない距離だ。空きっ腹なので、途中にある縄簾や居酒屋のあかりに誘われそうになったが、我慢する。

伏見屋の裏にまわり、勝手口に立った。清兵衛は為次郎と若い使用人しかいないといったが、夕刻自分に斬りかかってきた菅谷千太郎がいたら面倒であるし、別の人間がいるかもしれない。

十内はしばらく屋内の声を拾おうと、耳をすました。人のいる気配はあるが、話し声は聞こえない。何人いるだろうかと、物音や足音を耳で拾う。

（……清兵衛のいったとおりか……）

そう思った十内は、口と鼻が見えないように手拭いを顔に巻き、

「こんばんは」

と、声色《こわいろ》を使って勝手口の戸をたたいた。すぐに返事がないので、もう一度繰り返すと、「どなたさまで……」という声が返ってきた。

「夜分に申しわけありませんが、相談がありまして……」

足音が近づいてきた。

「明日にしてくれませんか。もう店は仕舞ってるんです」

「それはわかっております。話だけでも聞いてください」

「いったいなんです。ちょっとお待ちを」

面倒くさそうな声がして、若い男が戸を引き開けた。瞬間、十内は相手の鳩尾に鉄拳を見舞った。うっと、うめいて男は土間にくずおれた。

十内はそのまま土間を進んで、居間の前で立ち止まった。店主の為次郎が湯呑みを持ったまま、驚き顔をした。

「あなたは……」

聞かれたと同時に、十内は腰の刀を抜き放ち、為次郎の首筋に刃を突きつけた。体に比べて肉づきのよい顔が一瞬で凍りついた。

「ちょいと探し物があるんだ。手伝ってもらいたい」

「いったいどんなことで……」

「いうとおりにしろ」

為次郎は黙り込んだ。

十内は刀をちらつかせながら、店にある帳簿を見せてもらったが、それは決して多くなかった。米吉は殺される前に、帳簿を手に入れたので意趣が返せると、元信濃屋の手代・次郎太に話している。十内はその帳簿がほしかったが、それらしきものはない。

「いったいどういうことで……」

為次郎は落ち着かない顔を向けてくるが、十内は宙の一点に目を据えて考える。

「番頭の宗兵衛はこの店に泊まることがあるな」

「へえ」

「どの部屋だ？　案内しろ」

為次郎はおどおどしながら案内に立った。もとは小間物問屋だった伏見屋は、空き部屋が多い。奥座敷も奉公人部屋もがらんとしていて、物が少ない。

宗兵衛の部屋は奥の六畳間だった。簞笥と文机と手文庫がある。衣桁には宗兵衛の着物が掛けられていた。上等な着物だ。

「いったいなにをお探しで、こんなことをすればただではすまされませんよ」

為次郎はふるえ声でそんなことをいう。小心な商人だ。品川で聞いた為次郎の人柄は悪くない。どうやら噂どおりの男のようだ。

「おまえはなぜ、この店主になった？　宗兵衛にいいくるめられたのか？」

「…………」

「わかっているんだ。おまえが仮の店主だってことは。そのじつ店を仕切っているのは宗兵衛のはずだ。ちがうか？」

十内がにらむように見ると、為次郎は身をすくませたように、曖昧《あいまい》にうなずいた。十内は話しながら部屋にあるものを物色していた。手文庫を引き開け、簞笥をあさる。抽斗《ひきだし》のなかはよく整理されていた。文机にも抽斗があり、それを開けた。数枚の書状が出てきた。それは借用書の類だったが、畳紙《たとうがみ》で包まれたものがあった。

開くと、それは起請文《きしょうもん》である。十内は目を光らせた。起請文は、嘘偽りのないことを誓い、違反したときは罰を受ける旨を記す、一種の誓約書である。

末尾には署名とその年月日が書かれていた。署名には判が捺《お》されている。

署名人は、信濃屋周右衛門、そして大島藤十郎となっている。その誓約は信濃屋を公儀御用達にする旨のことが書かれていた。日付は一年前の八月になっていた。

信濃屋がつぶれる前のことだ。それにしても、なぜ宗兵衛は不要になった起請文を後生大事に取っていたのかそれが不思議であった。しかし、これは大事な品である。

元信濃屋の手代・次郎太は、米吉から帳簿を手にいれたと聞いているが、それはこの起請文のまちがいだったのかもしれない。それとも起請文は、信濃屋周右衛門が死んだとなってはなんの効力もないし、一連の事件につながるものでもないから処分し忘れているのかもしれない。

十内は起請文を懐にしまうと、押入を開けた。夜具がきちんとたたまれて入っている。とくに目を留めるものはないと思ったが、ちょいと布団の下をめくってみると、一尺四方の平たい手文庫があった。抜きだして蓋《ふた》を開けて、十内は目をみはった。

帳簿である——。

しかも、その表紙には血痕《けっこん》が見られた。ぱらぱらとめくってみたが、よくわからない。

「為次郎、これがわかるか……」

そういって帳簿を手渡すと、為次郎は熱心な目を帳簿に注ぎ、

「こ、これは……」

と、驚きの声を漏らす。

「なんだ？」

「これは裏帳簿でございます」

「裏帳簿……」

「とんでもないことです。どうしてこんなことを……」

為次郎は帳簿を持つ手をわずかにふるわせ、大変だとつぶやいた。

「おい、なにがどう大変なんだ。いいからここに座れ」

十内は為次郎を前に座らせて、帳簿の説明をさせた。帳簿は宗兵衛が個人的につけている大島家の出納《すいとう》と、恵比須楼の出納であった。それには工作がされており、

宗兵衛の懐に毎年一千両の金が入るようになっていた。

要するに大島家の用人である宗兵衛は、主人である藤十郎の目を誤魔化し、私腹を肥やしているのだった。

「なぜ、あなたさまはこんなことを……」

為次郎は自分が脅されていることを忘れたように、十内に真剣な目を向ける。十内も為次郎を脅していることを忘れて口を開いた。

「その前に聞きたいことがある。おまえは品川の陣屋横町で銭屋をやっていたな。大きな儲けがあるような店ではなかった。しかしながら、おぬしの評判はなかなかのものだ。商売気のない銭屋で助かっていると、近所の者は口を揃えていたし、人柄もよかったといっている。それが、元手のかかる高利貸に鞍替《くらが》えだ。いったいどんなからくりを使ってこの店を出した」

「それは横田様からお話がありまして、品川の店はお仲間が面倒を見るから、こちらの店を手伝ってくれ。ついては給金をはずむし、店主に収まってほしいと……。一生に一度あるかないかの、断れるような話ではありません。もっともわたしが金勘定に詳しいこともありましょうが……それで、あなたさまはいったいどんな方なので」

為次郎は小さな目を何度かまたたいた。行灯のあかりを受けた髷には霜が散っている。

「今夜のことはしばらく黙っておれ。おれは町方に頼まれて、信濃屋の女主人だったおしづと手代の米吉殺しを調べている。あれこれ探っているうちに、この店に行きついた。つづめていえばそういうことだ。それで訊ねるが、今月の初めごろのことだ。いまいったおしづと米吉が殺されているが、下手人に心あたりはないか？」

「……そんなことには」

為次郎はまばたきもせず首を横に振った。十内はその目を長々と凝視した。

「知らないというか。それじゃそのころ、菅谷千太郎という男が泊まり込んでいなかったか？」

「菅谷さんのこともご存じで……」

「なにもかも調べている。おまえの倅が上方に板前修業に行っていることもわかっている。とにかくそんなことはどうでもいい。菅谷は泊まっていたか？」

「横田様に呼ばれて二、三日泊まっておいででした」

おそらく菅谷は横田宗兵衛の指図でおしづと米吉を殺して、裏帳簿を取り返したのだ。

「もうひとつ、六ツ川のお景という仲居を知っているはずだが、行方が知れなくなった」

十内がそういった途端、為次郎は「あっ」と口を開いた。嘘をつけない男のようだ。

「どこへ行ったか知っているんだな。どこだ?」

十内は為次郎の肩をつかんで聞いた。

「……横田様が気に入られて、自分の店ではたらかせるとおっしゃいまして……」

「恵比須楼に連れて行ったのか」

遮った十内に、為次郎はゆっくりうなずいた。

四

翌朝早く、たたき起こされた服部洋之助は、生あくびを噛み殺しながら、呼びに来た今助と歩いていた。

「それにしてもいってえ、松五郎の野郎はなんだってんだ。おれはまだ月代《さかやき》もひげも剃ってねえんだ」

「旦那、行けばわかります。旦那を連れてくるまではあっしにはなにもしゃべるなといわれているんで……」

「生意気なことを……。だが、いったいなにがあったという。まさか下手人が見つかったとでもいうんじゃねえんだろうな」

「ところが、どうもそのようなんです」

「なんだと……」

洋之助はまぶしい朝の光に細めていた目を見開いた。

「とにかく、話は親分から聞いてください」

いわれるまでもなく洋之助は足を速めた。江戸橋をわたり、朝日にきらめく日本橋川を横目に歩く。川には魚河岸に向かう漁師舟と、荷揚を終わった漁師舟が行き交っていた。小網町の河岸地につけられる荷舟も少なくない。

商家の軒先に巣を作った燕が飛び交っていた。

「邪魔をするぜ」

 洋之助は松五郎の家の戸をがらりと開いて、眉宇をひそめた。一人の男が後ろ手に縛られて転がされていたからだ。

「そいつァ誰だ?」

洋之助は転がされている男から松五郎に視線を移した。

「早乙女の野郎が、昨夜ここに放り込んで行きやがったんです。あれこれ聞いているると、どうも伏見屋が今度の件にからんでいるようなんです。そんなこんなをあれこれ聞いていると、早乙女の野郎がまた戻って来ましてね」

「おう、それでどうした?」

洋之助は上がり框に腰をおろして、十手で肩をたたいた。

「おしづと米吉殺しの下手人は、おそらく伏見屋の番頭・宗兵衛の指図で動いた菅谷千太郎という浪人です」

「菅谷千太郎……」

「品川に恵比須楼というたいそうな料理屋があるそうで、そこの用心棒らしいんです。それに、伏見屋の店主は飾りみたいなもんで、あれこれ取り仕切っているのは番頭の宗兵衛だといいやす」

「そんなこたァどうでもいい。その菅谷って野郎はどこにいやがる？」

「品川の恵比須楼らしいです」

「品川か……」

洋之助は赤い唇を舌先でちろりと舐めて、遠いところだと思ったが、

「そうとわかりゃ品川まで行かなきゃならねえな」

といって、縛られている男をにらみ据えた。

「てめえ、なんでこんな目にあってやがる」

それには、松五郎が答えた。十内に襲われ、あれこれ脅されて伏見屋がどんなからくりで開店したかを話した。

「宗兵衛って番頭はどうしても日本橋で商売をしたかった。だから、目をつけた信濃屋を左前にさせて追いだした、そういうわけか？」

話を聞いた洋之助は転がされている桂木清兵衛を見た。

「おれは頼まれただけです」

「頼まれて信濃屋に難癖をつけ、悪い噂をいい触らした。そういうことだな」

「まあ……」

「すると、伏見屋のほんとうの主は、宗兵衛って野郎か……」

「旦那、その宗兵衛って野郎は、旗本の用人です」

「なんだと……」

洋之助は目を剝いた。

旗本が事件にからんでいるとなると、町奉行所は慎重にならなければならない。幕臣の調べは目付の任であり、それを支配する若年寄の権限になる。

「大島藤十郎という寄合の旗本だとか……」

けッと、洋之助はあきれた。寄合は無役ではあるが、三千石以上の大旗本である。これはますますもって、手を出しづらくなった。洋之助は、風にひらひら揺れる破れ障子を凝視して考えた。

「桂木といったな。おしづと米吉を殺したという菅谷千太郎って野郎も大島家の者か？」

「いいえ、あの人はおれと同じ浪人で、雇われているだけです。ですが、ほんとにあの人の仕業かどうか、おれはこの目で見たわけじゃないんで……」

「ほう、浪人であったか。だったらおれが召し捕っても誰も文句はいえねえな。よし松五郎、これから品川へ行く」

洋之助はさっと立ちあがった。

「こいつはどうします？」

松五郎が聞いてきた。

「そこの番屋へ放り込んでおけ、まだ聞くことがある」

「へえ、それで大番屋にいる新蔵を放せと、早乙女の野郎がいっていますが……」

「それは品川から帰ってきたあとでおれが決める。半日や一日延びたって、誰にも文句はいわせやしねえ。それにしても早乙女も、なかなかやるじゃねえか。なあ、松五郎」

「ま……」

松五郎は面白くない顔をする。

「さ、日が暮れないうちに行くぜ」

「日は昇ったばかりです」

そういったのは出目の今助だった。洋之助はその今助の頭を引っぱたいた。

五

「旦那、そろそろつきますぜ」

船頭の声で、十内はむっくり半身を起こした。舟の寄せられる問答河岸がすぐそばにあった。八ツ山のちょうど下である。その先に目をやれば、深い緑におおわれた御殿山が見える。花見の時季には江戸中から客がやってくる桜の名所だ。海に目を転じると、品川浦がきらきらと照り輝き、白い雲が浮かんでいる。

舟が河岸地につけられると、十内はひょいと身軽に岸にあがった。人足らが荷揚作業に追われていた。市中からの物資が品川に運ばれてくるのだ。

街道に出ると、旅人や行商人、江戸詰の勤番侍たちの姿があった。十内は歩きながら今朝まで考えていたことをもう一度、頭のなかで整理した。

一番の悪党は、いうまでもなく大島藤十郎の用人を務めている横田宗兵衛である。しかし、宗兵衛に指図をしていたのが藤十郎だとすれば厄介なことだ。そうはいっても、宗兵衛が主である藤十郎を裏切っているのはまぎれもない事実である。

十内の目的はお景を救いだすことであり、おしづ・米吉殺しの下手人と思われる菅谷千太郎を捕縛《ほばく》することだ。こっちは服部洋之助にまかせてもいいが、お景をいかにして救いだすかが問題である。

為次郎の話では、恵比須楼には五、六人の用心棒がいるという。まともにあたってもうまくはいかないだろう。

（やはり、大本から攻めてみるか……）

十内は御殿山を見あげた。

大島藤十郎の屋敷は、あらためて見ても豪壮である。立派な門は、外敵を阻むようにしっかり閉じられている。脇の潜《くぐ》り戸《ど》をたたき、声をかけた。

「頼もう、頼もう。お頼み申す」

十内の大声で、潜り戸が開き槍《やり》を持った若党が顔を出した。

「大島藤十郎様にお目通り願いたい。拙者は、肝煎からの使いで早乙女と申す」

「肝煎からの……」

寄合は若年寄の支配下にあるが、監督をする肝煎の世話を受けている。むげにはできないはずだ。若党は急に慇懃《いんぎん》な態度になり、しからばただいまお取り次ぎいたしますといって姿を消した。

十内は勝手に潜り戸を入り、門内で待った。慌てたようにさっきの若党がやってきて、また別の者がせかせかとついてきた。

「お使いご苦労様でございます。どうぞこちらへ」

案内役が丁重な態度で十内をうながした。十内はいつもの派手ななりではない。昨日と同じ着物姿だ。

案内をされたのは見事な築山《つきやま》を施した庭に面した客座敷だった。座敷は十六畳はあろうか、欄間には意匠が凝らされているし、柱は檜である。唐紙には幽玄な谷間の岩で、空を舞う鷹《たか》を見あげる虎が描かれていた。

あまりの豪奢さに気後れしそうになって待っていると、白足袋で畳をすりながら大島藤十郎が現れた。赤ら顔で目の下の肉がたるんでいた。

「肝煎のお使いとか……肝煎のどなたであろうか?」

藤十郎はゆっくり腰をおろしてから訊ねた。

「真っ赤な嘘です」

「は……」

藤十郎はあんぐりと口を開けた。その赤ら顔がさらに赤くなった。

「わしをからかっておるのか、そうであれば許さぬぞ」

「まあまあ、そう目くじらを立てないでください。わたしはあやしい者ではありません。ついてはいくつか訊ねたいことがあってまいった次第です。肝煎の使いとでもいわなければお目通りかなわぬと思い、そう申しただけです。どうかご勘弁を」

「しからば何用だ？」

藤十郎は憤然といった。

「用人に横田宗兵衛という方がいらっしゃいますね。あの人物はなかなか隅に置けませんよ。殿様の金を毎年一千両ほど、自分のものにしているしたたか者です」

「なにッ」

藤十郎は眉をひそめた。

「ここに証拠の品があります」

十内がそういって懐をたたいたとき、女中が茶を運んできた。十内は人払いをお願いすると頼んだ。

「茶はよい、下がっておれ。人払いじゃ」

藤十郎にいわれた女中は、そのまま下がっていった。

「横田宗兵衛殿は品川にて恵比須楼という、たいそう贅沢な料理屋をやっておられる。殿様はご存じで……」

「むろん。横田の慧眼《けいがん》があって開いた店だ」

「ふむ。それに日本橋の品川町では、伏見屋という高利貸も開店されている。それも殿様はご存じで……」

「伏見屋も横田の考えがあっての出店だ。なにもかもあやつにまかせておる。当家の台所はなかなか大変でな。拙者は非役の身の上、あれこれ工面しなければならぬ。それより、いったいなにをいいたいのだ。ありていに申せ」

「では殿様は、なにからなにまで横田殿にまかせきりというわけですな」

「拙者は金勘定が得意でないからな。それで証拠の品と申したが……」

十内は血痕のついた帳簿を懐から出して、畳に滑らせた。受け取った藤十郎の顔が帳簿をめくるうちにみるみる赤くなり、ついでどす黒くなっていった。縁側から射し込んでいた日の光が、すうっと消えて、にわかに座敷が暗くなった。

「……おわかりですか。殿様はうまく利用されていたようですな。横田宗兵衛は用人仕事のかたわら私腹を肥やしていたのです。伏見屋を出すおりにも、殿様の名を騙《かた》り、起請文まで作っております。おそらくそれも横田殿の考えだと思いますが、いかがです」

「起請文だと……」

藤十郎は寝耳に水だという顔をした。十内は例の起請文を見せた。やはり覚えはないという。署名は横田宗兵衛が、信濃屋周右衛門を口説き落とすために勝手に作ったものなのだ。

十内は藤十郎が膝許に置いた帳簿を奪うように取ると、

「そこで相談があります」

と、切りだした。

「このことが表沙汰になれば、殿様の面目がつぶれるどころではなく、横田宗兵衛の悪事に加担したかどで、肝煎はおろか、大目付のきつい調べを受けることになりましょう。そうなれば改易はまぬがれますまい。横田殿は信濃屋乗っ取り、いや追い出しのために奸策《かんさく》を仕掛け、挙げ句、女主と手代殺しを唆した疑いがあります」

「まことか……」

「嘘を申しに来たのではありません」

まっすぐな十内の視線を受ける藤十郎の顔に、苦渋の色が広がった。

「この帳簿を買い取ってくだされば、この一件、武士の名においてかまえて他言しないと誓います。あとは横田宗兵衛を煮て食おうと焼いて食おうと、殿様のご勝手次第。いかがされまする？」

藤十郎は「うむうむ」とうなったあとで、いくらだと聞いた。

「金百両。それでわたしはなにもかも忘れましょう。ただ、お景という女が横田殿に攫われて恵比須楼にいると思われます。わたしはそのお景を引き取ります」

「あの女だったら見たことがあるが、攫ったと申すか」

「さようで。おそらく他の女も同じような手口で攫ってきたのかもしれません」

「ぬぬッ……横田め、わしの知らぬところで、とんでもないことを……」

藤十郎は歯の隙間から悔しそうな声を漏らし、にぎりしめた拳をぶるぶるとふるわせた。

「金子《きんす》はいまつかわす。待っておれ」

十内は片頰に会心の笑みを浮かべた。だが、まだ仕事は序の口、これからお景を救いだす仕事がある。十内は浮かべた笑みをすぐに消した。

六

恵比須楼は燦々《さんさん》とした日の光を受けているが、饗応三昧《きょうおうざんまい》のにぎやかな夜とちがい、ひっそり寝静まっているように穏やかだ。聞こえるのは木立でさえずる鳥の声と、空から声を降らす鳶の声、そしてときおり海風にあおられる林の音だけである。

夜を明かした客も帰ったようで、料理人や下働きの女たちもまだ通ってきていないようだ。十内は閉まっている木戸口に立ち、戸を開けようとしたが内側に猿がかかっているらしくビクともしない。

脇差《わきざし》と刀の鐺《こじり》を使って、器用に猿を壊して戸を開けた。そのまま飛び石伝いに玄関に行ったが、こちらの戸も閉まっている。脇へまわりこみ、厠そばの雨戸に手をかけると、あっさりと開いた。屋内はうす暗いが、板戸の隙間から光の条《すじ》がのびているし、あかり取りの窓もある。目はすぐに薄闇に慣れた。

襷をかけ、尻からげをして動きやすいようにした。廊下を何度も曲がって進んでゆき、帳場横の部屋から聞こえてくる鼾《いびき》で足を止めた。障子を開けると、しどけない恰好で年増女が寝ていた。帳場横の部屋だからひょっとして女将か……。

十内はするりと刀を抜くと、女の枕許に片膝をついてささやきかけた。

「起きろ」

閉じられていた女の目がゆっくり開き、驚愕《きょうがく》したようにみはられた。悲鳴を上げそうになったので、十内はとっさに女の口を塞いだ。

「騒ぐな。静かにしていればなにもせぬ。お景という女がいるはずだ。どこだ？」

「いったいあなたは誰？　妙なことをすれば、ただではすみませんよ」

年増女は塞がれた口の間から声を漏らした。整った目鼻立ちをしているので、若いころはさぞや美人であったろうと思われるが、目許や口許のしわは深くなっている。

「妙なことはしない。お景を連れ戻しに来ただけだ。どこにいる？」

十内は女の腰に手をまわして、起こしてやった。乱れた着衣を女は整える。

「おまえが女将か？」

「そうです。刀を仕舞ってください。店に刀の持ち込みはできないのです。それにしてもいったいどこから入ってきたのです」

「そんなことはどうでもいい。お景はどこだ?」

十内は女の首筋に刀をあてがった。決していいとはいえない顔色が、さらに青くなった。

「いわなければ斬る。おれは命がけで来ているんだ。人一人斬るのは造作ない。いえ」

再度脅すと、

「二階です」

と、女はいった。

「横田宗兵衛もいるはずだが、やつはどこだ」

女の目が救いを求めるように泳いだ。

「こんなことをして無事にはすまされませんよ」

「同じことを二度もいうな。横田宗兵衛には一言申さなきゃならないんだ。教えろ」

「この先の廊下の奥です」

「じゃあ、もう一度寝るんだ」

十内は女の腹を拳で打ちつけた。女はそのままぐったりと、もとの布団に倒れた。

足音を忍ばせて廊下に戻った十内は、奥に進んだ。客用の小部屋がいくつかあり、左側に大きな台所と物置があった。中庭がその先にあり、また小部屋がある。大きな料理屋だ。中庭の向こうにもいくつもの部屋があった。

（どこだ……）

女将は廊下の奥だといったが、まっすぐ行けばいいのか、それとも右にまわった奥かと考えた。と、ぎいっと戸の軋《きし》む音がして、一人の男が廊下の先から姿を現した。手を拭いているので厠から出てきたところらしい。十内と目があったのはすぐだ。

「誰だ？」

男はそういうが、十内とは距離が離れすぎていて口を塞ぐことができない。

いきなり男がわめいた。

「曲者だ！　曲者だ！」

十内は左へ進んだ。あちこちで障子の開く音がして、慌ただしい足音が屋内にひびきわたった。あっちだ、あっちだという声が聞こえる。

二階でも慌ただしい物音がした。

十内は右へ左へと逃げたが、建物が迷路のようになっているので方向がわからなくなった。前の部屋から男が飛びだしてきて、斬りかかってきた。十内は刀をはじき返し、男の胴を抜いた。すると、背後にも人の気配。振り返るなり、鋭い突きが襲いかかってきた。

十内は壁に張りついてかわすと、男の顔を片肘で打ち砕いた。

「ごふぉっ」

男はずるずると倒れたが、かまっている暇はない。十内は階段を探した。宗兵衛のことはもうどうでもいい。いずれ、大島藤十郎が厳しく処断するはずだ。それよりもお景を探すのが先である。

暗い廊下の突きあたりに階段があった。その階段に足をかけようとしたとき、横から斬りかかってきた者がいた。とっさに、相手の刀をはじき返し、階段を駆けあがった。

「お景！　どこだ？」

十内はかまわずに大声をあげた。あっちだこっちだ、二階だという声がした。

「お景ッ。いるなら返事をしろ」

ずんずん進んだが、前に立ち塞がった者がいた。

「や、きさまは……」

そういったのは菅谷千太郎だった。痩身長軀《ちょうく》の用心棒だ。

「また会ったな」

「なにをしに来た？」

「お景をもらい受けに来た。きさま、横田宗兵衛の指図を受けて、信濃屋のおしづと米吉を殺したな」

「ふん、それがどうした。きさまはもう生きては帰れぬ」

菅谷は自分の所業を認めると、すり足を使って間合いを詰めてきた。刀の切っ先を爪先三寸に向けた下段の構えである。十内は青眼の構え。

まわりで騒ぐ声がするが、両者の間には緊張の糸が張られていた。針でつつけば、その場の空気がはじけそうだ。菅谷が剛の動きを見せれば、十内はたおやかな風に吹かれる柳のように、体から力を抜く。両者はいつでも撃ち込める二間の間合いを切った。

菅谷が床板を蹴って迅雷の突きを見舞ってきた。十内は横に払い落として、右に動いた。障子が派手な音を立てて倒れた。女の悲鳴が近くでした。

誰の声かたしかめる余裕は、いまの十内にはない。菅谷が隣の部屋に飛び込み、襖を破って接近してきた。十内は脛を払い撃ちにいった。飛んでかわした菅谷が、上段から撃ち込んでくる。体をひねってかわすと、すかさず中段突きを送り込んできた。

十内は柱を利用してかわした。転瞬、逆袈裟に斬りあげたが、わずかに届かなかった。いたぞ、こっちだ、二階だという声がしている。

もう逃げられない。十内はこの窮地を一人で切り抜けるしかない。

背後に二人、前方に二人の男がやってきた。一人はさっき顔面に肘鉄砲を食らわせた男だった。鼻血を噴きだして口のあたりを血で真っ赤に染めている。

十内は菅谷に牽制の斬撃を撃ち込んで、左から斬りかかってきた男の胴を斬り抜いた。

「ぎゃあー！」

悲鳴を発した男は、たたらを踏んで廊下の欄干につかまったが、そこで中庭に転落した。女たちの悲鳴がしている。目の端で、緋色の長襦袢の裾を引きずって逃げる女を見た。

その刹那、菅谷が鼬《いたち》のように俊敏な殺人剣を繰りだしてきた。十内に逃げる場はなかった。かろうじて鍔元《つばもと》で受け止めて押し返すと、背後から肩を斬られた。

「ぐッ……」

十内は半歩下がると、山水の描かれた屛風《びょうぶ》を蹴倒した。

傷は深くはない。興奮しているので痛みは感じないが、肩のあたりが熱を帯びたのがわかる。傷を負った十内を見て、菅谷の口辺に笑みが漂った。

ここで逃げるわけにはいかない十内は、一歩踏み込んで菅谷の、小手を撃ちにいったがかわされた。それにはこだわらず、俊敏に反転すると、背後から撃ちかかろうとしていた男の胸を逆袈裟に斬りあげた。

「ぐぐっ……」

男は片膝をつき、刀を手からこぼすと、たたらを踏んで前のめりに倒れ、そのまま階段をごろごろと落ちていった。悲鳴や怒声が周囲でわきあがっていた。

菅谷が上段から唐竹割りの一撃を見舞ってきた。十内は腰を沈めてかわすなり、横へ跳び、振り返りざまに菅谷の左肩の後ろを斬った。

「うぐっ……」

菅谷が血走った目で振り返った。すぐさま反撃しようとしたが、仲間の一人が十内の前に立ち塞がった。十内は退路を探すように廊下の奥に進んだ。

「お景、お景どこだ？」

目の前を乱れた着物姿の女が横切っていった。あちこちの障子や襖が開き、白粉の匂いが風に運ばれてきた。

「お景はここだ」

突然の声に振り返ると、横田宗兵衛が一人の女の首に腕をまわして立っていた。女は怯《おび》えきってふるえていた。それはまぎれもなくお景だった。

「刀を捨てろ。さもなくばこの女の命はない」

十内は唇を嚙んだ。肩で荒い息をして、ゆっくり刀を下げた。

「横田宗兵衛、きさまのことはなにもかもわかった。主である大島藤十郎様をうまく利用して、私腹を肥やす不届き者だ。この店も伏見屋も、きさまの懐を潤わせるためのものだ。女衒よろしく女を攫い、この店で金持ち相手の女郎に仕立てている。

男の風上にも置けぬとはてめえがことだ」

「戯《ざ》れ言《ごと》は死んでからいうことだ。刀を捨てろ」

そのとき、階下でまた新たな声がわいた。御用だ御用だという声がひびき、

「北町奉行所だ！　神妙にいたせ！」

と、いう声がした。ひび割れたようなしわがれ声は、服部洋之助にほかならなかった。十内は勇を鼓した。そばにいた男たちが動揺して、廊下の向こうに駆けていった。

「横田宗兵衛、年貢の納め時が来たようだな。お景を放せ」

「黙れッ。きさまはなにもわかっておらぬ。そんなやつの指図など受けぬ」

「往生際が悪いぜ、横田。だがまあ、しかたない。お景のためだ。刀は捨てる」

十内は全身から力を抜いて、刀を足許に落とした。刀は床板にぶつかって金音を立てた。宗兵衛が横に動いて逃げようとした。刹那、十内の脇差が目にも止まらぬ早業で抜かれ、ついで宗兵衛の刀を持つ腕を斬りつけた。

「うわっ」

宗兵衛はたまらず刀を落として、片膝をついた。お景がよろよろと倒れそうにな

ったので、十内は抱きかかえるように受け止めた。

「大丈夫か……」

「ええ、あなたは？」

「おれは佐吉に頼まれておまえを探していたのだ」

「兄さんに……」

「そうだ。それより、ここを出よう」

そのとき、また新たな声がした。

「横田宗兵衛、殿からのお指図で召し捕りにまいった。どこにいる？」

という声がした。どうやら大島家の家臣が駆けつけてきたようだ。

「早乙女ちゃん、やってくれるぜ」

松五郎を連れた洋之助がそばにやってきた。鉢巻きに襷がけ、手っ甲脚絆という物々しい捕り物装束《しょうぞく》だった。

「今度ばかりはおめえさんには世話になった。それより菅谷千太郎って野郎はどこだ？」

十内はまわりを見た。

「階段口で肩を押さえているやつだ」

「おう、やつを召し捕らえろ」

洋之助に指図された捕り方が、傷を負った菅谷千太郎に殺到していった。それと入れ替わるように大島家の家臣たちが駆けつけてきて、宗兵衛を取り押さえた。

「お景、佐吉のもとに帰るのだ」

十内はお景の背中をやさしく押した。

七

一連の騒動から五日後に、北町奉行の裁きが下された。

菅谷千太郎は、おしづ・米吉殺しの廉《かど》で死罪――。

これは服部洋之助の手柄となった。捕縛に関わった十内への取り調べはなく、すべては洋之助のはたらきによるものだと、彼自身が報告した。十内も堅苦しいお白《しら》洲《す》に出るのを嫌ったし、町奉行の前であれこれ申しあげるのも面倒だったから、それでよしとした。

また、大島藤十郎の家臣に召し捕らえられた横田宗兵衛は、主人・藤十郎に切腹をいいわたされて、自らの罪を精算して果てた。むろん、菅谷千太郎捕縛に関して、大島家の用人がからんでいたことで、公儀目付が動き、大島藤十郎は厳しい調べを受けたのち、謹慎を申し渡されていた。

しかしながら、すべての陰謀は用人・横田宗兵衛によるものであるから、大島藤十郎は家臣の管理不始末を咎められながらも、極力表沙汰にならない配慮がなされた。

それらのことが落着したあとで、十内は、松五郎の下っ引きがやっている煙草屋の前で洋之助に会った。

空はどこまでも青く、暑い日であった。夏の光をちらちらと煌《きら》めかせる日本橋川を、筏舟と水舟がすれ違っていた。

「横田宗兵衛の指図を受けていた家来も、おのおの罰を受けた。身分召しあげ、所払いなどといろいろだ。ともあれ、此度《こたび》は早乙女ちゃんには世話になった。礼をいうぜ」

洋之助はめずらしく十内に頭を下げた。もっとも顎を引く程度であったが。

そばにいる松五郎は面白くなさそうな顔をしているが、いつものように突っかかってくることはなかった。

「いや、おれは残りの金をもらえばいいだけのことだ。礼などいらぬ」

「この生意気……いや、すまぬ。そっちのほうがおれも気が楽だ」

ハハハと、気まずさを笑いで誤魔化した洋之助は、しぶしぶといった体で、約束の礼金を十内にわたした。もっともそれだけで引き下がるような洋之助ではない。

「これに気をよくして、つけあがるんじゃねえぜ。おれたちの邪魔をするようなことがあったら、黙っちゃいねえからな」

「わかってるよ。それじゃたしかに金はいただいた」

十内は金を懐にしまった。松五郎がなにかいいたそうな顔をしたが、目が合うとそっぽを向いた。十内はそんな松五郎に苦笑いを返して、煙草屋を離れようとしたが、すぐに洋之助を振り返った。

「米吉はどうやって裏帳簿を手に入れたのか、それはわかったのか？」

「ありゃあ、米吉が伏見屋にこっそり忍び込んで手に入れたんだ。もともとやつが勤めていた店だから、忍び込むのは造作なかったんだろう。だが、逃げるときに宗兵衛の使用人に見られちまっていたようだ」

十内は洋之助の顔を長々と眺めて、「……そうだったのか」とつぶやくと、今度こそ背を向けて立ち去った。

会わなければならない者がいた。おしづ・米吉殺しの疑いをかけられ、大番屋の仮牢に長く留め置かれていた新蔵である。牢から放免された新蔵は、親戚を請人《うけにん》に立て、本小田原町の長屋に間借りをしていた。

その長屋を訪ねると、隣の者がもしや早乙女さんという方ではと、聞いてきた。

「そうだ」

「品川町の店で待っていると、新蔵さんからの言伝《ことづて》です」

元信濃屋のあった伏見屋のことだ。十内はそっちに足を向けた。新蔵は店を閉じている伏見屋の前にうなだれたように立っていた。十内が近づくと、それとなく気づいて、無表情な顔を向けてきた。

「大儀であったな」

「いえ……」

力なく応じた新蔵は、伏見屋の看板と暖簾の下ろされた店に目を向けた。

「ここで仮の店主をしていた為次郎という男は、元の鞘に納まった。品川に戻って再び銭屋稼業だ。あの男は、なにも知らずに横田宗兵衛におどらされていたのだ。人の好いのもいいが、考えもんだな。どうした……」

十内はなにやら深刻な顔をしている新蔵を見た。

「わたしは、ここで奉公させてもらい、商人としてのいろはの〝い〟の字を教えてもらいました。ところが、惚れてしまった娘のおしづさんに舞い込む縁談話に、焼き餅を焼いて上方に修業に行ったんです」

「……のようだな」

「しかし、信濃屋への恩は忘れておりません。少しでも恩返しをしたかったのですが……こんなことになってしまって……」

新蔵は悔しそうに唇を嚙み、拳をふるわせた。多感な時期を過ごした店だから、よほど感慨深いものがあるのだろう。十内にもその気持ちは少なからずわかった。

「一目会いたかった。それなのに、おしづさんは……。礼をいいたかったのに……」

新蔵の目に涙が盛りあがった。だが、それを堪えようと青く澄みわたった空をあおいだ。

「新蔵、じつはな、おしづはおまえに気があったんだ。いや、おまえに惚れていたんだ。だから婿も取らずに、独り身をとおしていた。ひそかにおまえの帰りを待っていたんだ」

新蔵は潤んだ目を十内に向けた。信じられないという驚きの顔だった。

「ほんとうだ。おしづは日記をつけていた。それには、おまえのことがちゃんとしたためられていた。此度の件で、遺品のなかにあった日記を読んで知ったのだ」

「ほんとうでございますか……」

「うむ」

「なんだ、なんだよォ。……わたしは、わたしはもっと早く帰ってくるべきだった。まさかそんなことだったとは……。たまらなく悔しいではありませんか。ううっ……」

新蔵は肩をふるわせて涙をこぼした。

「新蔵、おしづは信濃屋を必死に立て直そうと考えていた。だが、奸計《かんけい》にはまって悲しいことになった。だが、もうそれを悔やんでもどうにもならぬ」

「でも……でも……」

新蔵は人目もはばからず涙をあふれさせ、袖で顔をおおい、大きく呼吸した。

「おしづに惚れていたのなら、おまえが代わりに信濃屋を立ち上げればいい。おまえは一人前の商人になるために、上方へ修業に行ってきたはずだ。それを無駄にせず、必死にはたらけばいいではないか。きっとできるはずだ」

新蔵は泣き濡れた顔を十内に向けた。

「そうですね。……はい、たしかにそうだと思います。早乙女さん、わたしはきっとやってみせます」

「その心意気だ」

十内が笑うと、新蔵も笑みを浮かべた。

「それから服部さんが、おまえに申し訳ないと謝っていた」

十内の勝手な作り話だったが、嘘も方便である。

「町方の役目も大変なのだ。わかってやれ」

「ひどすぎますよ。わたしを人殺し扱いしたんですからね」

「気持ちはわかる。だが、こうやってお天道様《てんとうさま》の下に立っていられるんだ。収まりのつかない気持ちはよくわかるが、許してやれ。本人は心苦しく思っているが、町方としての矜持《きょうじ》があるから黙っているんだ。その代わり、詫びの印を預かってきた」

「詫びの……印……」

「あの人も人の子だ。迷惑をかけて悪かったと思っているのだ。さあ、受け取れ」

それは洋之助からもらった礼金の十両だった。十内は惜しいと思わなかったし、新蔵を少なからず励ましてやりたかった。

「よいのですか……」

金包みを手にしたまま新蔵はまばたきをした。

「ああ、かまうことはない。おまえは不自由したのだ。これからの仕事の足しにでもすればいいだろう。だが、曲がったことはするんじゃないぜ。さあ、おれは用があるから、これでさらばだ。またいずれ会うこともあろう」

「早乙女さん、ありがとう存じます。ありがとう存じます」

新蔵は礼をいいながら、何度も頭を下げた。

やれやれと、首の骨をコキッと鳴らして歩く十内は、いつもの派手な身なりである。銀鼠色の鮫小紋を着流し、縹色の羽織に深紅の帯だ。背が高いから妙に様になっているが、ものめずらしい目で見る者は少なくない。それでも十内は恬《てん》として恥じるところがない。身なりがそうであるように、いつも心は錦《にしき》なのだ。

その日の夕刻、十内は富沢町の佐吉の家を訪ねた。お景は先日の件で、六ツ川を馘《くび》になっていた。事情もあったが、すでに新しい仲居が雇い入れられていたのだ。しかたなく新たな奉公先が決まるまで、長屋の家で佐吉の留守を預かっていた。

「早乙女様……」

戸口に現れた十内を見て、お景は明るい笑顔を向けた。西日がその整った顔にあたっていた。

「佐吉はまだか?」

「そろそろ帰ってくると思います。いまお茶を……」

「いやよい。それよりお景、佐吉には謝ったか?」

「は……」

十内は上がり框に腰をおろした。

「おまえは災難にあったが、それは身から出た錆《さび》だということがわかっているはずだ。佐吉がどれだけおまえのことを心配していたか、おまえにもわかっている。佐吉はおまえが無事に帰ってきて安堵しているが、やはりおまえは自分の落ち度を謝るべきだ。説教臭いことはいいたかァないが、兄を思う気持ちがあるなら一言あって然《しか》るべきだ。他人ではない兄妹であっても、礼儀をおろそかにしてはならねえ」

「……はい」

お景はきちんと膝を揃えて恐縮した。

「わかっているならそうしな」

お景はわかりましたと、素直に応じた。

戸口から射し込む夕日が弱くなったころ、足取りも軽く佐吉が帰ってきた。

「おや、早乙女様……」

「邪魔をしている。なにもかも片づいてよかったが、どうしているかなと思って来たのだ」

「それはわざわざすみません。どうぞ、おあがりください」

「いや、おれはここでいい。すぐにお暇《いとま》をする」

といった十内は、それとなくお景に目配せをした。

「兄さん、お話があります」

お景は畏《かしこ》まった顔を佐吉に向けた。

「わたしもおまえに話があるんだ。いい奉公先が見つかりそうだ。上野の大きな呉服屋さんだよ。向こう様は住み込みでもいいとおっしゃっている。うん、それはまたあとでするが、なんだい？」

「兄さんには此度はいろいろと心配をおかけしましたが、それはわたしが至らなかったからなのです」

「なにを急にそんなことを……」

「いいえ、ほんとうにそうなんです。わたしは少しでも楽になりたかった。だから気の許せそうな客に色目を使ったりして、悪いことをしました。いえ、ほんとうにしたわけではありませんが、きっと誤解されたんだと思います。だから、今度のようなどうしようもないことが起きたんだと思うんです。わたしを攫った人も悪いと思いますが、それはきっとわたしが至らなかったからです。兄さん、このとおりです。ごめんなさい。これからは身持ちを堅くして生きていきますから、どうぞお許しください」

　頭を下げて謝るお景は感極まったのか、ぽろぽろと涙をこぼした。

　佐吉は突然のことに、鳩が豆鉄砲を食らったような顔をしていたが、その表情をゆっくりゆるめた。

「いいんだよ、お景。わたしも薄々感じていることはあったんだ。そのとき注意しなかったわたしがいけなかったのかもしれない。でも、おまえがそういってくれて嬉しいよ。貧《ひん》すれば鈍《どん》するというが、どんなに貧しくても苦しくてもまっすぐ生きようよ。おまえはわたしの大事な妹だ。これからも仲良く……」

「兄さん……」

　遮った佐吉を、またお景が遮ってつづけた。

「わたし、兄さんが、わたしの兄さんでほんとによかった。きっと心を改めて、ちゃんと生きます。兄さんに恥をかかせない女になります」

「馬鹿、もういい。それより、いい嫁さんになって幸せになってくれ。そっちのほうが大事ではないか」

「まだ、それには早いわ」

「そりゃそうだけど、そうなってほしいんだ」

「うん、きっとそうなります」

お景はグスッと洟をすすって目頭をぬぐうと、一生懸命に笑みを浮かべた。佐吉も目を潤ませて微笑み返した。そばにいた十内は心を打たれてしまい、もらい泣きしそうになっていた。だから誤魔化すように口を開いた。

「いい兄妹じゃねえか。それから、大島のお殿様がお景に、家来の不始末で迷惑をかけてすまなかったと申されてな、おれに迷惑料を渡してくれと頼まれた。これを受け取ってくれ」

それは大島藤十郎からもらった、百両のうちの五十両だった。ほんとうは十両でも二十両でもよかったが、そこは育ちのよい十内であるから、けちくさいことをするまいと思い、半分を渡すことにした。

「ただし、お景はまだ若い。これは佐吉、おまえがしっかり預かっておけ。なにか大事な物入りのときの費えにすればよいだろう。さあ、おれの用はすんだ」

膝をたたいて立ちあがった十内に、佐吉とお景は慌てたが、

「ああ、もういい。なにもいうな。そんなことをされると照れくさくてかなわぬ」

と、逃げるように佐吉とお景の長屋を出た。

なんだか心が清々していた。久しぶりに気持ちのよい日だと十内は思った。

「そろそろ一雨ほしいねえ。天気つづきじゃ畑も大変だろう」

夕映えの河岸道に出たとき、団扇片手に縁台に座っていた隠居老人が、青物売りの相手をしていた。

「しかたありませんよ。今月は水無月《みなづき》といいますからね。その代わり先月はたっぷり天の恵みを受けておりますんで、出来のいい作物になっております」

「どれどれ、それじゃひとつもらおうか……」

のんびりしたやり取りを聞いた十内は、夕焼けに染まった空を見あげた。たしかに夕立でもいいから一雨来てほしいと思う。

（そうか、今月は水無月だったか……）

心の内でつぶやく十内は、また遠くの空に目を向けた。

この作品は書き下ろしです。